Il mago errante
Nei meandri del labirinto

John Bierce

Nei meandri del labirinto

Il mago errante

Podium

Al mio gatto, perché no?

Il mago errante
Nei meandri del labirinto

Capitolo 1

Il nascondiglio in biblioteca

Hugh di Emblin non era in grado di fare tante cose, ma era molto, molto bravo a nascondersi. Ed era un bene, perché ne aveva un gran bisogno.

«Dove ti nascondi, pastore? Più ci mettiamo a trovarti, peggio sarà per te!»

Hugh si rannicchiò dietro lo scaffale. Ormai era il capro espiatorio di Rhodes e i suoi amici, ma di solito non ci mettevano niente a distrarsi. Se fosse rimasto nascosto, alla fine si sarebbero stufati e avrebbero trovato altro con cui divertirsi.

Hugh aspettò che il rumore si allontanasse, poi pian piano si rilassò… troppo presto, purtroppo. Qualcuno gli afferrò il braccio e lo tirò nel corridoio della biblioteca. Hugh cadde in ginocchio sul lucido pavimento di granito.

«Che ci fai in biblioteca, pastore?» gli chiese una voce.

Hugh alzò lo sguardo con un sospiro. Rhodes Charax gli sorrideva, con i suoi due scagnozzi tutti denti alle spalle. Rhodes era l'esatto opposto di Hugh: alto, mentre Hugh era basso; muscoloso, mentre Hugh era mingherlino; bello, mentre Hugh era insignificante; nobile, mentre Hugh era figlio di mercanti; con gli occhi azzurri, mentre Hugh li aveva marroni; biondo, mentre Hugh era moro; e un mago di gran lunga migliore di quanto Hugh potesse mai sperare di diventare. Perfino l'uniforme bianca di Rhodes era stata fatta chiaramente su misura per lui, a differenza di quella larga e biancastra di Hugh, presa dalle scorte dell'Accademia.

«Lo sanno tutti che i pastori non sanno leggere, allora perché sei qui, pastore?»

«Non sono un pastore» rispose Hugh a bassa voce. Stava diventando paonazzo, lo sentiva.

«Che hai detto?» fece Rhodes.

Hugh lo fulminò con lo sguardo. «Non sono un pastore.»

Rhodes gli diede un calcio nelle costole, mandandolo a gambe all'aria.

«Nessuno ti ha mai detto di non mentire ai tuoi superiori, pastore?» lo sfidò Rhodes. «A meno che non volessi dire che sei una pecora, in quel caso potrei crederti.»

I tirapiedi di Rhodes sghignazzarono. Hugh strinse i pugni e si rimise in ginocchio.

«Dovresti restare a terra, è quello il tuo posto, pastore.» Rhodes stava per dargli un altro calcio, quando intervenne una voce.

«Immagino che il suo posto sia in classe, e lo stesso vale per voi tre.»

Rhodes e i suoi amici si girarono allarmati, e Hugh ne approfittò per alzarsi.

«Abbiamo un'ora buca.» Rhodes non sembrava lontanamente preoccupato. Non che ne avesse motivo: in classe aveva fatto addirittura di peggio senza mai finire nei guai. Non c'era da sorprendersi. La famiglia di Rhodes era molto influente, anche a centinaia di leghe fuori dai loro confini.

«Beh, passatela da un'altra parte.» La voce misteriosa sembrava piuttosto seccata. Hugh però da dietro i bulli non riusciva a vedere. «Non state usando la biblioteca per studiare.»

Rhodes lanciò un'occhiataccia a Hugh per lasciargli intendere che non era finita lì, e se ne andò assieme agli altri. Poco lontano scoppiarono a ridere. Hugh fece una smorfia. Quando si immischiavano un insegnante o un altro mago, nei giorni successivi Rhodes dava il peggio di sé.

Il bibliotecario, quello della voce misteriosa, lo osservò. Era alto e smilzo, con un cespuglio di capelli castani in testa che presumibilmente non vedeva un pettine da giorni. Se Hugh aveva quindici anni, lui non doveva averne più di trenta.

Dopo qualche istante di silenzio, il bibliotecario sospirò. «Come ti chiami?»

«Hugh.» Guardò altrove, nella speranza che se ne andasse, così si sarebbe messo a cercare un altro posto in cui starsene per conto suo.

«Hugh e basta?»

«Sono conosciuto come Hugh di Emblin, signore. Per distinguermi dagli altri Hugh della scuola.»

Il bibliotecario gli lanciò un'occhiata incuriosita. Hugh già si immaginava le solite domande. I maghi di norma non nascevano a Emblin, eppure Hugh sì. Non che fosse mai stato questo grande mago. Ma, con sua sorpresa, il bibliotecario non gli chiese di Emblin.

«Vuoi che riferisca quello che è successo con quegli studenti ai tuoi insegnanti?» chiese il bibliotecario.

Hugh restò di stucco per un momento. Il bibliotecario aspettò, paziente. Dopo un po', Hugh si riprese e parlò.

«Non servirebbe a niente, signore» rispose alla fine.

Il bibliotecario lo guardò perplesso. «Come mai?»

Hugh si limitò a fissare il pavimento, aspettando il momento di andarsene. Alla fine, però, capì che il bibliotecario avrebbe aspettato la sua risposta anche tutto il giorno.

«Quello era Rhodes Charax, signore.»

Il bibliotecario continuò a guardarlo impassibile.

«Lo zio di Rhodes è il re dell'Altavalle, signore. E poi è il mago più promettente del nostro anno. Agli insegnanti conviene stare dalla sua parte. Io non sono nessuno, invece. Nessuno di loro spezzerebbe una lancia a mio favore.»

Il bibliotecario ci rifletté un attimo su, poi sospirò. «Benissimo.» Fece per allontanarsi, ma poi si voltò di nuovo verso di lui. «La prossima volta prova a nasconderti sugli scaffali, e non nella sezione principale di legge. Sono ottimi nascondigli, e i libri sono molto più interessanti.» Sembrava volesse aggiungere altro, ma si voltò e se ne andò.

Hugh sospirò. Almeno quella volta gli era andata bene. E la dritta sugli scaffali non era affatto male.

Capitolo 2

In classe

Per fortuna, andando in classe Hugh non incontrò Rhodes e i suoi scagnozzi. Non che la cosa lo rincuorasse. La lezione seguente era Fondamenti di incantesimi non sintonizzati, o, come la chiamavano tutti, Incantesimi basilari. Quello doveva essere uno dei corsi più facili per le matricole che, come lui, non si erano ancora sintonizzate. Invece aveva solo contribuito a rendere la sua vita a Skyhold ancora più un inferno. Per chiunque altro, andare a studiare all'Accademia di Skyhold, una delle scuole di magia più prestigiose dell'intero continente di Ithos, era un sogno a occhi aperti.

Ma Hugh non era come gli altri.

Si mise a sedere in fondo alla classe, dove avrebbe attirato meno attenzione. Gli studenti che non lo tormentavano come Rhodes semplicemente non si curavano di lui, quindi era l'attenzione dell'insegnante quella che non voleva catturare. Purtroppo, l'entusiasta ragazza che quel giorno faceva lezione lo notò quasi subito.

Quell'anno non c'erano molti maghi completi che volessero insegnare nelle classi del primo anno, quindi a fare lezione nella classe di Hugh c'erano una serie di apprendisti che si alternavano a rotazione. Non sapeva chi fosse la ragazza di quel giorno, ma non era poi così importante. Ogni nuovo apprendista era convinto che sarebbe stato in grado di risolvere i problemi del famigerato Hugh di Emblin, ma alla fine si sbagliavano sempre tutti.

Quel giorno avrebbero dovuto imparare un incantesimo per dare fuoco a un bastoncino, una roba da prima elementare. Hugh ascoltava attento le spiegazioni dell'insegnante su come incanalare il mana, anche se sapeva già la lezione a memoria. Prima di andare in classe, era stato in biblioteca proprio a studiare quell'incantesimo, nella disperata speranza di riuscire a imbroccarla per una volta. Rhodes lo aveva beccato proprio mentre stava per andarsene.

Hugh, con un sospiro, si concentrò sul bastoncino che teneva in mano. Alcuni studenti stavano avendo qualche problemino, ma dalla maggior parte dei bastoncini fuoriusciva perlomeno del fumo. Visualizzò le forme alla perfezione e poi incanalò il mana. Sapeva che l'insegnante, così come molti dei suoi compagni di classe, lo teneva d'occhio per vedere quale pasticcio avrebbe combinato questa volta.

«Dopo che avrete capito tutti come incendiare i bastoncini, vedremo come controllare l'intensità della fiamma, e magari perfino cambiarle il colore.»

Il bastoncino di Hugh esplose di luce magica, poi tutto d'un tratto si spense. Lui aveva cercato di chiudere gli occhi in tempo, ma riusciva a vedere solo macchie.

Il bastoncino non si era fatto neanche un graffio.

«Sei un pericolo ambulante, pastore» gli sussurrò qualcuno lì vicino. Gli altri studenti borbottavano e si lamentavano.

«Non sono un pastore» bofonchiò Hugh.

«Tutti sbagliano ogni tanto. Riprovaci, Hugh» lo incoraggiò l'insegnante.

Hugh sbatté le palpebre per vederci meglio e si guardò intorno. Lo stavano fissando tutti.

«Che combinerà adesso?» sussurrò qualcun altro.

Hugh deglutì con rabbia e si riconcentrò sul bastoncino. Per prima cosa visualizzare le forme, gli invisibili diagrammi geometrici da immaginare per lanciare gli incantesimi. Aveva passato un'ora buona a memorizzarle. Le conosceva per filo e per segno. Poi incanalare il mana. Non si poteva manipolare il mana in una forma: il mana scorreva come acqua, e non si può mica manipolare un ruscello. I disegni geometrici servivano proprio per guidare il flusso del mana.

Il mana scorse senza problemi nelle forme, alla giusta velocità. Scorse proprio dove doveva andare. E non successe niente. No... ecco che succedeva qualcosa.

Caddero dal bastoncino delle fioche scintilline, che svanirono prima di toccare il banco.

«Su, Hugh, ce la puoi fare. Riprova» l'esortò l'insegnante. L'intera classe continuava a bisbigliare, guardandolo divertita. Non poteva biasimarli: doveva essere il mago più incapace ad aver mai messo piede a Skyhold.

Hugh si riconcentrò sul bastoncino con un respiro tremolante. Visualizzare le forme. Incanalare il mana. Visualizzare le forme. Incanalare il…

Il bastoncino gli sfuggì di mano e lo colpì in fronte. E l'intera classe scoppiò a ridere.

Capitolo 3

La cena

L'insegnante lo fece ritentare altre sei volte prima di arrendersi. Non l'aveva fatto con cattiveria: voleva davvero solo aiutarlo. Non che questo la rese più simpatica agli occhi di Hugh, così come i suoi compagni di classe, che nel migliore dei casi provavano pena per lui e, molto più spesso, lo prendevano in giro o lo insultavano.

Alla fine l'insegnante era passata ad altro. Hugh rimase seduto in fondo alla classe, gli occhi fissi sul banco, senza neanche più ascoltare. Quando la classe uscì, lui arrancò fuori in fondo alla fila. Gli altri chiacchieravano entusiasti mentre andavano a cena, lui invece teneva lo sguardo fisso a terra. L'insegnante lo chiamò, ma lui fece finta di non sentirla.

Arrivò tardi a cena, e dovette fare una lunga fila prima di riuscire a prendere da mangiare. Quella sera c'erano ancora pesce e patate. Alcuni studenti si lamentarono, ma a Hugh non dispiaceva: quel piatto gli ricordava casa sua. Di pesce e patate ce n'erano un sacco a Emblin, oltre al legname e alle pecore.

Hugh si sedette al tavolo da solo, nella disperata speranza che nessuno si sedesse vicino a lui o gli parlasse. Per fortuna nessuno ci provò. Notò Rhodes dall'altra parte della mensa, seduto con i suoi scagnozzi e un paio di ragazze. Anche Rhodes lo aveva notato, e disse qualcosa agli altri che scoppiarono a ridere, ma non fece di più.

Per quasi tutta la cena, Hugh mangiò demoralizzato. Però, verso la fine, sentì qualcosa che gli fece drizzare le orecchie.

«...ci sarà anche Ammazzadraghi!» disse uno studente al tavolo alle sue spalle.

Hugh si tirò su sulla sedia. Intendevano dire che...

«Impossibile» aggiunse un altro studente. «Sono anni che Aedan Ammazzadraghi non prende un apprendista.»

«Ho sentito dei professori che ne parlavano» rispose il primo studente. «Quest'anno ne sceglierà uno.»

A quel punto Hugh si voltò per ascoltare meglio.

«Secondo te chi sceglierà?» chiese un altro studente.

Uno dei tirapiedi di Rhodes, notando l'interesse di Hugh, fece un sorriso malvagio. «Magari seleziona Hugh.» L'intera tavolata scoppiò a ridere. Hugh si fece rosso come un pomodoro e riprese a mangiare.

«Avrà pure ammazzato dei draghi, ma insegnare qualcosa a Hugh potrebbe essere troppo difficile perfino per lui!» La tavolata scoppiò di nuovo a ridere, e Hugh si alzò di scatto. Prese il suo piatto e lo portò alla finestra del retrocucina, poi uscì dalla porta. Per fortuna Rhodes era già andato via.

Mentre Hugh tornava in camera sua, il suo morale crollò ancora più in basso. Ormai restavano solo poche settimane prima del Selezionamento. Ogni anno gli studenti erano esaminati da centinaia di maghi, che ne selezionavano un paio come apprendisti. Ogni studente veniva scelto da qualcuno, ma non tutti i maghi erano uguali. Quasi tutti gli studenti erano selezionati da maghi mediocri e dozzinali, qualcuno che non aveva dato chissà quale contributo a Skyhold, tanto che senza apprendisti non se la sarebbe cavata. Più il mago era rinomato, prima poteva selezionare i suoi apprendisti: Aedan Ammazzadraghi, uno dei maghi più famosi al mondo, aveva probabilmente già scelto il suo apprendista da settimane, anche se non l'avrebbe annunciato fino alla cerimonia del Selezionamento. Molti studenti venivano ingaggiati nei vari gruppi di lavoro magici all'interno di Skyhold: gli addetti alle pulizie cercavano sempre qualcuno che potesse occuparsi di cose come le perdite di reagenti alchemici, per esempio.

Hugh dubitava che qualcuno lo avrebbe selezionato. Sarebbe rimasto ad aspettare ore e ore, finché non si fosse ritrovato da solo nella Grande Sala. Forse, se gli fosse andata bene, sarebbe stato selezionato dai maghi delle pulizie.

Perso com'era nei suoi pensieri, non si accorse che la porta della sua camera era aperta fin quando non cercò di abbassare la maniglia. Dentro la sua stanza era stata rivoltata. Le uniformi calpestate, le coperte strappate. Qualcuno gli aveva fatto la pipì sul letto. I libri erano a terra, con le pagine piegate, e la sua fionda, uno dei pochi ricordi di Emblin, era stata distrutta in mille pezzi.

Hugh era sconvolto. Rhodes e i suoi amici gli avevano sempre dato del filo da torcere, ma non gli erano mai entrati in camera. Inoltre, non solo la porta era chiusa a chiave, ma i pochi incantesimi che gli riuscivano erano quelli protettivi: per essere di una matricola, la sua camera era ben difesa. Non c'era modo che fossero stati Rhodes e gli altri ad annientare le sue protezioni: imparare a spezzare un incantesimo protettivo veniva insegnato solo al secondo anno. Rhodes doveva aver convinto un insegnante a spiegarglielo.

Se non poteva avere neanche la quiete della sua camera, Hugh temeva che sarebbe impazzito. Non gli restava molto altro. Non aveva amici. Nessuno gli scriveva mai da Emblin, nell'imbarazzo che in una famiglia di buona stirpe di Emblin ci fosse un mago. Era stato portato di corsa a Skyhold nell'istante stesso in cui si erano manifestate le sue doti. Per la sua famiglia era meglio nascondere quella vergogna. Non che fossero mai stati orgogliosi di lui.

Hugh sbatté la porta, si lasciò cadere a terra e poi, con la testa tra le ginocchia, scoppiò a piangere.

CAPITOLO 4

IN GIRO STORDITO

DOPO AVER SMESSO di piangere, Hugh vagò stordito per ore nei corridoi. Ogni volta che sentiva o vedeva qualcuno, ne imboccava un altro. Evitava perfino le guardie. Alla fine, però, si ritrovò in un luogo familiare: la biblioteca.

Corridoi e biblioteca erano sempre illuminati da cristalli sfolgoranti, quindi non ebbe problemi a orientarsi. Evitò le sezioni principali, perché ci sarebbe stata ancora gente nonostante l'ora, e si diresse verso gli scaffali.

Il bibliotecario aveva senz'altro ragione: di nascondigli ce n'erano tanti. Il resto delle sezioni accessibili alle matricole era costruito in gallerie disposte ordinatamente, mentre gli scaffali sembravano essere stati aggiunti in un secondo momento, ammassati com'erano in un'accozzaglia di stanze e gallerie disorganizzate, con ripiani e scrivanie stracarichi, dov'erano ammassati diversi libri. Trovò una corsia bloccata da uno scaffale, che formava una specie di corridoio nascosto. Scovò una stanza piena di casse di legno con vecchi libri, dove si sarebbe potuto facilmente nascondere.

Ma, soprattutto, ne scoprì una abbandonata, quasi vuota, dietro una serie di ripiani con libri che non erano stati toccati da così tanto che sopra c'era un dito di polvere. Aveva addirittura una porta che si apriva dall'interno. E menomale! Altrimenti con lo scaffale davanti non sarebbe riuscito ad aprirla. Nella stanza c'erano alcune mensole vuote, una pila di vecchi libri e una scrivania. Ma il pezzo forte era la finestra.

Il vetro era vecchio e scolorito, così come il telaio, che si era addirittura deformato, ma con un po' di forza Hugh riuscì ad aprirla. Fu così che si ritrovò a guardare il cielo notturno dell'Occidente, verso l'immenso mare di sabbia conosciuto come l'Erg Infinito. Ci aveva navigato nell'ultima tappa del suo viaggio verso Skyhold su una grande nave da sabbia. Naturalmente, non era sul serio infinito, ma era immenso e troppo pericoloso da attraversare a piedi. Se la spuntavi sul caldo torrido, ad aspettarti c'erano la notte gelida, carenza d'acqua e mostri terrificanti. Quella sera, nel cuore dell'inverno, il vento era particolarmente freddo.

Abbassando lo sguardo, Hugh vide il porto di sabbia lontano laggiù. Si guardò intorno per scrutare la città: Skyhold era stata costruita nei fianchi di un'enorme montagna con due cime. La montagna era zeppa di torri e gallerie. Dai suoi lati sorgevano fortezze, balconate e altre strutture, costruite nella montagna stessa. A Skyhold vivevano decine di migliaia di persone, anche se nessuno ne conosceva il numero esatto. Solo nell'Accademia c'erano quasi tremila studenti, di cui quasi un terzo era composto da matricole.

Hugh era stato ore a osservare fuori dalla finestra. Nei mesi precedenti aveva visto ben poco della città, anche perché né le aule né le camere avevano finestre, e spesso era troppo occupato per mettersi a cercare una finestra o un balcone. Hugh non riusciva a ricordare l'ultima volta in cui era stato fuori. Quando alla fine si decise a chiudere la finestra, gli era già venuto un piano in mente.

Nelle ore successive, Hugh portò alla chetichella le sue cose nella stanza segreta della biblioteca. Recuperò tutti i vestiti e le coperte che poté: Rhodes e i suoi amici dovevano essersi intrufolati in fretta e furia, perché non c'era l'enorme disastro che gli era parso all'inizio. Non sarebbe riuscito a infilare il materasso nella stanzetta neanche se avesse voluto, ma per un po' si sarebbe accontentato di dormire su un mucchio di coperte. Sistemò i libri e gli altri oggetti personali sulla scrivania e sullo scaffale. Non c'era una sedia, ma era riuscito, non senza difficoltà, a trascinarne una dalla biblioteca. Per finire, lanciò nuove protezioni sulla sua nuova camera.

Quando Hugh ebbe finalmente finito, già albeggiava. Si appisolò nell'istante in cui si rannicchiò sopra le coperte. Quella notte non fece sogni.

Capitolo 5

Piccoli miglioramenti

Quella mattina Hugh aveva saltato le lezioni, ma non se n'era dispiaciuto più di tanto. Quel giorno per Teoria del mana era prevista una gita alle difese magiche di Skyhold, quindi nessuno avrebbe sentito la sua mancanza. Nel pomeriggio si sentì ben disposto per andare a lezione. Per fortuna fino a quel momento non aveva avuto nessun intoppo, e addirittura la nuova insegnante di Incantesimi basilari aveva deciso di lasciarlo in pace dopo i fallimenti del giorno prima.

Nei giorni successivi Hugh si dedicò a una nuova attività. Frugò tra gli scaffali alla ricerca di vecchi sacchi, cartacce e cose così per costruirsi un materasso rozzo ma piuttosto comodo. Sostituire le uniformi rovinate fu un gioco da ragazzi. Del resto, ci si aspettava che per imparare la magia gli studenti ne avrebbero logorate parecchie.

Nella zona degli scaffali c'erano anche i bagni. Non erano belli come quelli delle residenze, ma c'era acqua corrente (un lusso sconosciuto a Emblin), e, anche se non c'erano le docce, Hugh si sarebbe lavato con stracci e lavandini.

Anche se il suo nuovo rifugio era ben nascosto, Hugh non si fidava molto delle protezioni che aveva lanciato. Quelle vecchie non erano bastate a tenere al sicuro la sua camera, ma c'era un vantaggio nel vivere in biblioteca. Infatti, era riuscito a scovare un vecchio libro sulle protezioni che non doveva trovarsi lì: nelle aree di pubblico accesso della biblioteca si incontravano solo libri su incantesimi elementari e testi di teoria magica, ma qualcuno doveva aver lasciato lì quel libro decenni addietro. Doveva essere stato scritto almeno un secolo prima, e, anche se gli incantesimi al suo interno erano datati, erano comunque molto più potenti di quelli che aveva sperimentato fino a quel momento.

Hugh non ebbe il coraggio di portare lampade nella biblioteca, e nella stanza non c'erano cristalli sfolgoranti, ma, oltre a quelli protettivi, per fortuna gli altri incantesimi che sapeva lanciare erano quelli luminosi. Per impararli aveva impiegato molto più tempo del normale. Infatti, i suoi primi incantesimi luminosi erano troppo forti, tanto da accecarlo, ma alla fine era riuscito a padroneggiarli, con sua grande sorpresa, oltre che dell'insegnante.

Hugh non aveva mai letto molto a Emblin, dove c'erano ben pochi libri. E comunque, all'epoca faceva di tutto per stare alla larga dalla sua famiglia, di conseguenza non aveva avuto granché tempo per leggere, preferendo invece vagare nei boschi.

Una volta arrivato a Skyhold, invece, aveva cominciato a divorare un libro dopo l'altro, come per vendetta. Era la sua unica fuga dalla tristezza. E ora che viveva in biblioteca, aveva un libro in mano tutto il tempo. Aveva sempre il naso tra libri di storia, botanica e astronomia. Leggeva un bestiario dopo l'altro, e se l'era spassata quando aveva notato che le descrizioni delle bestie magiche spesso cambiavano radicalmente da un testo all'altro.

Hugh passava anche molto tempo a osservare i golem di origami dei bibliotecari. Molti di loro, infatti, erano maghi cartacei, e costruivano golem di carta per farsi aiutare con i loro compiti. Gru di carta e draghi in miniatura contenevano messaggi che si aprivano da soli quando raggiungevano il destinatario. Scimmie di carta ad altezza ginocchia spesso venivano spedite tra gli scaffali per recuperare i libri. Hugh ne aveva aiutate diverse a prendere quelli dagli scaffali più alti.

Stranamente, nessuno parve accorgersi della sua mancanza in dormitorio. Ma, in effetti, forse non era poi così strano, visto che nessuno badava a lui.

Se gli insegnanti neanche si accorgevano della sua presenza, a preoccupare Hugh erano i bibliotecari. Studiava i percorsi migliori, camminando quasi in punta di piedi tra gli scaffali per incontrarne il meno possibile. Nessuno di loro sembrava prestargli molta attenzione. Del resto, la biblioteca era immensa, e i soli scaffali accessibili al pubblico avrebbero avuto le dimensioni di una piccola fortezza se fossero stati costruiti fuori dalla montagna. Hugh non era di certo il primo a sfuggire ai bulli nascondendosi lì, anche se dubitava che andarci a vivere fosse così comune.

Si imbatté nel bibliotecario che nelle settimane precedenti lo aveva salvato diverse volte da Rhodes. Il bibliotecario non gli aveva mai rivolto la parola, ma gli lanciava spesso strane occhiate. Hugh si accorse per la prima volta che la sua uniforme era diversa da quella degli altri bibliotecari: al posto di una corta giacca grigia, la sua gli arrivava fino alle ginocchia e aveva i bordi rossi. Hugh non sapeva se avesse un qualche significato. Inoltre, quel bibliotecario se ne andava sempre in giro con un borsone zeppo di libri e pergamene.

Rhodes, invece, se n'era accorto eccome della sua assenza dai dormitori degli studenti. Hugh spesso si ritrovava a doverlo seminare per non farsi seguire in biblioteca. Aveva addirittura cominciato a frequentare un'altra mensa, una di quelle meno in voga, essendo lontana dai dormitori, dove andavano a mangiare tanti apprendisti e bibliotecari. Non che a Hugh importasse qualcosa.

Rhodes, ormai privato del suo bersaglio preferito, se lo beccava in giro gli dava il tormento per recuperare il tempo perso. Non c'era giorno in cui a Hugh non venisse fatto lo sgambetto o in cui lui non venisse colpito da un qualsiasi nuovo incantesimo basilare che Rhodes e i suoi scagnozzi avevano imparato in classe.

Eppure, per un po' le cose andarono molto meglio. Hugh non avrebbe detto di essere felice, ma tirava avanti.

Capitolo 6

Il Selezionamento

Il giorno del Selezionamento cadde nel cuore dell'inverno, poco meno di un mese dopo che Hugh si era trasferito nella stanzetta della biblioteca. I suoi compagni di classe non avevano parlato d'altro per settimane, e con l'avvicinarsi della data perfino Rhodes aveva smesso di badare a Hugh. Gli studenti passavano il tempo a fantasticare su chi avrebbero scelto se avessero avuto carta bianca (Aedan Ammazzadraghi era quello più gettonato) e che tipo di mago sarebbe piaciuto loro diventare.

Nei corridoi si aggirava sempre un nugolo di maghi, che parlavano con gli alunni, assistevano alle lezioni, e capitava che fossero parecchio seccanti. Con tutto quel caos, la maggior parte degli insegnanti gettava la spugna e interrompeva le lezioni.

In realtà, il processo di Selezionamento era molto meno caotico che all'apparenza. Per trovare un apprendista, i maghi non dovevano scorrere l'intero elenco dei potenziali candidati, ma bastava sfogliassero la lista di quelli con le giuste affinità.

Tutti avevano le proprie affinità, ossia il tipo di magia che veniva loro più facile. Il mana incanalato nell'Etere intorno era sempre lo stesso, ma nel corpo si trasformava in tipi diversi. Un mago con un'affinità con il fuoco trasformava più facilmente il mana etereo in mana di fuoco; uno con un'affinità vegetale lo trasformava più facilmente in mana vegetale, e via discorrendo. C'erano centinaia di affinità conosciute, e molte si sovrapponevano. A creare ancora più scompiglio, tanti maghi avevano affinità sovrapposte, per esempio maghi con affinità con il fuoco e con la terra avrebbero potuto addestrare un mago con un'affinità con il magma.

I maghi non dovevano per forza insegnare a qualcuno con le loro stesse affinità, ma era ben più difficile addestrare qualcuno con un'affinità del tutto diversa. Molti maghi, in realtà, non ci riuscivano proprio. E poi, dopo essersi allenati con un tipo di mana, ci si armonizzava con quello ed era molto più difficile acquisire altri stili magici. Pochi maghi riuscivano ad armonizzarsi con più di due tipi di mana, e molti si limitavano solo a uno. C'erano pochi maghi straordinari che avevano tre o più affinità naturali, ma erano rari, rarissimi. Rhodes, purtroppo, era uno di loro.

Era quello il secondo grande problema di Hugh. A quanto pareva lui non aveva affinità. Se fosse stato un mago abbastanza in gamba, magari quella rogna avrebbe potuto trasformarsi in un vantaggio, perché a quel punto qualunque tipo di mago completo avrebbe potuto selezionarlo come apprendista. Certo, armonizzarsi sarebbe stato molto più difficile, ma magari sarebbe stato fattibile. Ma, oltre a non avere un'affinità, era anche una frana con la magia. Hugh era abbastanza sicuro che nessun mago avrebbe voluto selezionarlo. Tranne magari i maghi inservienti… alla fin fine per lavorare con loro bisognava solo imparare a incanalare il mana nei congegni.

Così, man mano che si avvicinava la data del Selezionamento, erano tutti sempre più entusiasti, tranne Hugh, che invece era solo più agitato. Poi il giorno arrivò, e Hugh non si era mai sentito tanto afflitto.

Riusciva a malapena ad ascoltare il discorso della preside Tarik. In un'altra situazione sarebbe rimasto a pendere dalle sue labbra: a suo tempo, Tarik era stata una dei maghi di pietra più potenti del continente, e girava voce che in una settimana avesse innalzato da sola una fortificazione durante una delle guerre di espansione del Dominio di Havath, fermando la sua avanzata. Quel giorno, però, Hugh pensava solo a come tutti gli altri sarebbero stati scelti, mentre lui sarebbe rimasto da solo nell'immensa e vuota Grande Sala.

Poi Tarik lasciò il posto a qualcun altro sulla pedana rialzata del palco, da dove i discorsi erano diffusi tramite un incantesimo. Salì quindi il primo mago pronto a selezionare il suo apprendista: Aedan Ammazzadraghi.

L'ordine con cui i maghi sceglievano gli apprendisti dipendeva dal loro prestigio, e in tutta Skyhold nessuno era più famoso di Aedan Ammazzadraghi. Si era guadagnato quel nome quand'era ancora un apprendista, avendo ucciso da solo un wyrm del ghiaccio a Tsarnassus, la sua terra d'origine. Da allora aveva ucciso almeno una dozzina di draghi adulti, due altri antichi wyrm, e innumerevoli lindworm, viverne e altri tipi di draghi. Gli avversari dragheschi erano la sua specialità, certo, ma aveva fatto fuori anche un bel numero di mostri, tra cui un'idra enorme in agguato fra le rovine di una città di Ithnon, nel cuore di una fitta giungla. I racconti delle sue gesta erano conosciuti addirittura a Emblin, nonostante i suoi abitanti odiassero la magia.

Qual era la chiave del successo di Aedan? Aveva almeno cinque sintonie. Gli studenti non le conoscevano tutte, ma era risaputo che sapesse come minimo volare e scagliare fulmini, senza contare le altre mille indiscrezioni che circolavano. Una delle più assurde ma dure a morire era che sapesse trasformarsi in drago.

Hugh avrebbe mentito se avesse affermato di non aver mai sognato di diventare l'apprendista di Aedan Ammazzadraghi. Per la sua giovane età aveva una notevole fonte di mana, ma era l'unica cosa su cui poteva contare. Alla fin fine, però, per Hugh quello era un semplice sogno a occhi aperti. Del resto, non solo era un disastro con gli incantesimi, ma non aveva neanche alcuna affinità. Non sarebbe mai potuto diventare un mago bellico.

Aedan restò almeno un minuto a fissare serio la folla. Qualsiasi altro mago era tenuto ad annunciare subito il nome del suo apprendista, ma lui, con i suoi capelli grigi e le cicatrici di vecchie battaglie, poteva starsene lì tutto il tempo che gli pareva. L'intera platea era immersa nel silenzio e tutti, perfino gli altri maghi completi, aspettavano nervosi che Aedan aprisse bocca. Poi, finalmente, pronunciò la sua decisione.

«Rhodes Charax di Altavalle» disse, poi scese semplicemente dal palco.

A Hugh si strinse un nodo nello stomaco. Non aveva mai pensato sul serio che Aedan potesse scegliere lui... ma il fatto che fosse stato scelto Rhodes fu un duro colpo. Hugh sarebbe sgattaiolato fuori volentieri dalla Grande Sala in quel preciso istante.

La reazione degli altri studenti, però, fu ben diversa. I numerosi amici, ammiratori e scagnozzi di Rhodes esplosero in un applauso fragoroso. Rhodes si alzò trionfante e andò a presentarsi a Aedan sotto al palco per iniziare il suo apprendistato.

Hugh seguì a stento il resto del Selezionamento. Si risvegliò in parte dal torpore solo per qualche altra selezione interessante. Sulassa Alzamarea, una maga acquea che una volta aveva deviato un intero fiume per spegnere un incendio nella foresta, scelse due gemelli, un ragazzo e una ragazza, con occhi azzurri e capelli che cambiavano sfumatura come la superficie del mare. Artur Spaccamuro, un mago tutto muscoli alto due metri, in sintonia con il metallo e la pietra e che si portava dietro un martello che probabilmente pesava più di Hugh, selezionò un ragazzo che era palesemente suo figlio, che di sicuro avrebbe superato la stazza del padre.

Per il resto del tempo Hugh sprofondò sempre più nel suo sconforto. Il Selezionamento durò tutto il giorno, e lui rimase seduto ad aspettare, mentre gli altri studenti man mano andavano via. Ben presto un quarto della sala si svuotò, poi la metà, e infine i tre quarti. I maghi rimasti non erano molti, poi sarebbe toccato ai maghi del personale. A quel punto l'unica speranza di Hugh era di non essere scelto dai maghi delle pulizie.

Era ormai sul punto di scoppiare a piangere. Certo, non che gli altri studenti rimasti fossero al settimo cielo: non c'era nessuna gloria nell'essere selezionati dai maghi del personale. Il sogno di tutti era quello di diventare l'apprendista di un mastro e non continuare a seguire altri corsi per non si sa quanti anni. I mastri rimasti erano pochi, e poi…

«Hugh di Emblin.»

CAPITOLO 7

IL MASTRO

HUGH GUARDÒ INCREDULO il palco, convinto di aver sentito male. Lassù c'era l'ultima persona che si sarebbe mai aspettato: il bibliotecario che lo aveva salvato da Rhodes e gli aveva dato la dritta sugli scaffali. Provò un breve moto di speranza, poi vide altre due studentesse che si avvicinavano al palco ed ebbe un tuffo al cuore. I mastri non prendevano quasi mai più di due apprendisti per volta.

Poi il bibliotecario guardò dritto verso di lui, e ripeté scandendo bene le parole: «Hugh di Emblin».

Hugh si alzò confuso dalla panca e si avvicinò al palco barcollando. Era stato selezionato! Alla fine non era rimasto da solo nella Grande Sala. Ignorava sia il nome che le affinità del suo mastro, ma era da quando aveva scoperto di avere dei poteri magici che non si sentiva così sollevato.

Eppure, nell'avvicinarsi fu tempestato dai dubbi. Il mastro forse era lì in rappresentanza del personale della biblioteca… Solo che i responsabili della biblioteca e i loro assistenti erano ancora lì, in attesa di annunciare le loro selezioni. Allora forse quella del mastro era compassione. Il bibliotecario aveva visto Hugh che veniva trattato male, poi magari aveva dato un'occhiata ai suoi voti e aveva scoperto che era anche un incapace. Quando raggiunse il palco, ormai Hugh era convinto di quella versione dei fatti.

Con sua grande vergogna, non aveva problemi con l'idea di aver trovato un mastro per compassione.

Scendendo dal palco, il mastro guardò Hugh e le altre due apprendiste, poi fece loro cenno di seguirlo. Il mago, slanciato com'era, camminava troppo veloce per Hugh. Mentre uscivano dalla Grande Sala, Hugh scrutò le altre due apprendiste, di cui non aveva capito i nomi. Era normale che non le conoscesse, visto che c'erano più di mille matricole.

Una delle due ragazze era più alta di Hugh di diversi centimetri. Aveva la classica pelle scura e i lunghi capelli chiari, più bianchi che biondi, dei residenti delle città costiere sudoccidentali. Sulle mani e su una guancia aveva una specie di cicatrice sottile a forma di rami. La sua espressione era del tutto neutra, e guardava dritto davanti a sé.

L'altra, invece, era addirittura più bassa di Hugh. Era pallida, con capelli lunghi di un rosso acceso. Hugh non aveva mai visto così tanti tatuaggi su una sola persona: erano intrecciati disegni geometrici di un blu brillante, sembrava quasi che qualcuno le avesse tatuato addosso delle formule magiche. Ce li aveva su tutte le braccia fino alle dita, sul collo e perfino sulla fronte e le guance, anche se non sul resto del viso. Hugh non aveva mai incontrato nessuno come lei, e non aveva la minima idea da dove potesse provenire. La ragazza si accorse che la stava fissando e gli lanciò un'occhiataccia. Hugh subito distolse lo sguardo.

Dopo un paio di minuti, finalmente trovò il coraggio di rivolgersi al suo nuovo mastro, anche se solo in un sussurro: «Signore… temo… ehm… temo di non aver capito il suo nome».

La ragazza con i capelli rossi gli rispose, sprezzante: «Non hai capito nemmeno il tuo stesso nome la prima volta, quindi non c'è da meravigliarsi».

Hugh trasalì.

Il bibliotecario si girò a guardarli, senza rallentare. Se Hugh avesse provato a camminare all'indietro anche solo a metà di quella velocità, sarebbe caduto all'istante. Il mago smilzo si indicò con un gesto: «Le mie scuse… È la prima volta che seleziono degli apprendisti, quindi è tutto nuovo anche per me».

Quelle parole non gli ispirarono molta fiducia.

«Sono Alustin Haber, Bibliotecario Errante» fece. Alustin, pur continuando a camminare all'indietro, e verosimilmente senza vedere alle sue spalle, fece un passo alla sua sinistra per evitare di andare a sbattere contro un mago incredibilmente sovrappeso e i suoi due apprendisti. «Se non avete capito i nomi dei vostri compagni, invece, questo giovanotto qui è Hugh di Emblin, la spilungona Sabae Kaen Das, e la nostra amica tutta tatuata Talia del clan Castis.» Alustin, senza aspettare una risposta, tornò a camminare normalmente.

Talia, quella bassina con i capelli corti, lo fissò. «Non sono amica vostra» sussurrò.

Hugh distolse gli occhi da lei. Sabae, invece, continuò a guardare dritto davanti a sé, con un'espressione di ghiaccio.

Il gruppo camminò in silenzio per qualche altro minuto. Hugh aveva appena capito che si stavano dirigendo in biblioteca, quando Sabae finalmente parlò, forte e chiaro: «Mastro, cos'è un Bibliotecario Errante?».

Senza rallentare, Alustin si girò di nuovo dal loro lato. «Ottima domanda, Sabae! Un Bibliotecario Errante è un mago che viene spedito fuori da Skyhold per recuperare libri, come grimori rubati dalle nostre collezioni, tomi nascosti nei covi maledetti e pieni di trappole di maghi morti da tempo, libri non restituiti, e tutto questo genere di cose.» Alustin si girò di nuovo in avanti con passo spedito.

Hugh mostrò un'espressione sorpresa, poi abbassò lo sguardo e si fissò i piedi. Be'… aveva tutta l'aria di essere un mestiere davvero interessante. Molto più di quanto si aspettasse. Non avrebbe mai detto che Alustin fosse un mago bellico. Ma… perché un mago di quel calibro aveva selezionato un apprendista come Hugh?

Capitolo 8

L'ufficio

Nessuno proferì parola fino a quando non raggiunsero la biblioteca. A parlare ogni tanto fu Alustin, ma solo per salutare gli altri bibliotecari, che sembravano tutti molto contenti di vederlo e lanciavano sguardi incuriositi ai suoi apprendisti.

L'ufficio di Alustin si trovava nella parte della biblioteca riservata solo ai bibliotecari. Alustin si fermò davanti a una porta senza cartellino che pareva quella del ripostiglio delle scope, ma quando l'aprì rivelò un ufficio così grande che i maghi bellici avrebbero potuto allenarsi lì dentro, se solo il soffitto fosse stato più alto. Alustin non lo toccava con la testa, ma sicuramente l'avrebbe fatto se si fosse messo a saltare.

«Entrate, entrate! Non siate timidi!» li esortò.

Su tutte le pareti c'erano scaffali stracolmi ed enormi lavagne con scritte fitte fitte, complicati diagrammi e formule magiche e una serie di disegni sbalorditivi. Un attimo dopo, Hugh si accorse che anche il pavimento faceva da enorme lavagna.

In fondo c'era una scrivania mastodontica che forse era appartenuta a un vecchio preside o a un re, di almeno un secolo, e infatti era ricoperta di trucioli, buchetti e perfino qualche scheggia. Hugh era sicuro che la scrivania non passasse dalla porta, e ancora meno dalla stretta scala a chiocciola in ferro battuto in un angolo della stanza che conduceva al piano di sopra. Sulla scrivania c'erano svariati manuali, pergamene e fasci di libri. Hugh non era nemmeno sicuro che rimanesse spazio per lavorare. Dietro, invece della scontata sedia di legno, c'era una gigantesca poltrona di pelle. Perfino il Bibliotecario Errante, per quanto allampanato, ci sarebbe sprofondato sopra come un nano. Proprio come la scrivania, anche la poltrona avrebbe presto ricevuto un biglietto di sola andata per la discarica. Davanti al tavolo c'erano tre poltrone, anche quelle messe piuttosto male, ma dall'aspetto confortevole.

Alustin si diresse a grandi passi verso la scrivania. Gli apprendisti fecero per seguirlo, ma poi Talia si fermò all'improvviso. Hugh e Sabae si bloccarono a loro volta dietro di lei, confusi.

«Per tutti i mille inferi, cosa ci vuoi fare con un mago assolutamente inutile?» disse Talia. Sembrava ancora più arrabbiata di prima.

Hugh si sentì avvampare. Ecco perché era così infuriata. Conosceva la sua reputazione e si sentiva insultata dal fatto che Hugh si fosse aggregato a loro. Lanciò un'occhiata furtiva a Sabae e vide che aveva puntato gli occhi da un'altra parte, con il viso più inespressivo di sempre. Non riusciva neanche a guardarlo, era così mortificata di essere associata a lui. Lui…

«Non sei inutile, Talia» fece Alustin.

…Come?

«Non venirmi a dire baggianate, bibliotecario dei miei stivali. Nessuno nel mio clan è riuscito a farmi combinare qualcosa, e neanche nessuno dei tutori che hanno assunto» disse Talia. «Avrei dovuto essere una maga bellica come i miei genitori e i miei fratelli, e invece sono solo un pastrocchio inutile. Ti avverto, però: anche se forse non ho futuro come maga bellica, non ti permetterò di farmi diventare una specie di topo da biblioteca che non vede mai la luce del giorno. Così come non ti permetterò di compatirmi.»

Hugh non aveva la minima idea di cosa stesse succedendo. Talia stava… parlando di se stessa? Allora perché Sabae…?

Alustin osservò calmo Talia durante tutto quello sfogo.

«Non sei inutile, Talia.» Alustin guardò Sabae, poi Hugh. «Nessuno di voi tre è inutile, nessuno di voi tre è un mago fallito. È l'Accademia che non ha saputo aiutarvi. Secondo loro avreste dovuto conformarvi al piano di studi di tutti gli altri, ma la magia non è così rigida.»

«Quante baggian…» fece Talia.

Alustin continuò a parlare, come se lei non avesse detto niente. «Non vi ho scelto per compassione o perché mi serviva qualcuno che mi smistasse le carte. Vi ho scelto perché penso che abbiate del potenziale e potreste diventare ottimi maghi.»

Talia si era ammutolita proprio come Hugh. Anche il viso di Sabae finalmente si era contorto in una smorfia. Alustin era... era...

Alustin era pazzo da legare!

Hugh non riuscì più a tenere la bocca chiusa. «Ogni insegnante che ha cercato di farmi imparare qualcosa alla fine ha rinunciato. Non sono un vero mago, sono... sono solo una specie di scherzo della natura.»

Alustin lo guardò inespressivo. «È meglio non fidarsi di quello che pensano di sapere tutti, Hugh.» Sistemò un mucchio di carte sulla scrivania. «Tutti dicevano che non sarei mai diventato un mago bellico, e ho dimostrato che si sbagliavano.»

Hugh chiuse il becco.

Sembrava che Alustin si stesse arrabbiando. «Skyhold ha cominciato a trattare gli studenti come se fossero intercambiabili, come se ci fosse un solo modo di insegnare la magia. Continuano ad allargare le classi e si aspettano che tutti imparino gli stessi incantesimi sugli stessi libri.» Si chinò in avanti. «La magia non funziona così. Per impararla ci sono strade infinite. E se nell'Accademia c'è qualcuno che si discosta troppo dalla norma che hanno imposto loro, ecco che non hanno la minima idea di come gestire la situazione.»

Alustin fece un respiro profondo e parve calmarsi. «Avrei voluto parlarvene dopo a quattr'occhi, ma a quanto pare è meglio farlo adesso. Vi hanno fatto credere di essere maghi inutili. Ma voglio dimostrarvi che si sbagliano, e di grosso.»

CAPITOLO 9

IL DISCORSO

ALUSTIN SI SEDETTE alla scrivania, poi con un gesto li incitò ad accomodarsi di fronte a lui. «Prego.»

Per un secondo restarono tutti immobili. Stranamente, la prima a muoversi fu Sabae. Hugh subito imitò il suo gesto, mentre Talia esitò, poi si sedette anche lei. Una volta accomodato, Hugh scoprì che, anche se erano orrende, sulle poltrone ci si stava come un pascià.

«Non spetta a me raccontare le vostre storie» fece Alustin «anzi, io stesso le conosco solo in parte, malgrado le mie lunghe ricerche. Vi invito a raccontarvi le vostre storie reciprocamente, ma non ve lo impongo. Tuttavia, vi parlerò dei vostri rispettivi problemi magici.»

Hugh si sentì salire le fiamme al viso. Aveva pensato che…

«Non lo faccio per rimproverarvi o mettervi in imbarazzo. Per lavorare insieme, i maghi devono capirsi. Del resto, nei prossimi anni voi tre lavorerete costantemente insieme. Capite?»

Sabae fece un rapido cenno del capo. Anche Hugh, esitante, annuì. Addirittura Talia alla fine acconsentì con una specie di grugnito.

Alustin fece un respiro profondo. «Talia è nata da una stirpe di potenti maghi del fuoco. La sua famiglia era così sicura che lo sarebbe stata anche lei che, prima ancora che si fossero manifestate le sue affinità, le hanno tatuato addosso delle formule magiche che potenziano le fiamme. Purtroppo, Talia non è una maga del fuoco. Ha affinità fortissime con l'osso e il sogno, entrambe rare e potenti. Tuttavia i suoi tatuaggi le inibiscono la capacità di controllare i suoi doni, spingendola a farlo come se entrambe le sue affinità fossero fuoco, cosa che l'ha portata a distruggere più di un'aula.»

Hugh lanciò un'occhiata a Talia, che subito lo guardò in cagnesco, come per sfidarlo a dire qualcosa. Lui puntò gli occhi altrove. Il suo era un problema terribile, ma almeno aveva delle affinità. Magari c'era un modo per toglierle quei tatuaggi?

«Anche Sabae è nata in una potente stirpe di maghi, per la precisione maghi della tempesta con triple affinità al fulmine, al vento e all'acqua. Tuttavia, Sabae può controllare i suoi poteri solo fino a pochi centimetri di distanza. Per molti maghi non sarebbe un grosso problema, ma i maghi della tempesta operano da lontano. Sabae, curiosamente, è nata anche con una quarta affinit…»

A quel punto Sabae lanciò uno sguardo deciso ad Alustin. «No.»

«Non voglio parlare della tua storia, Sabae, ma solo della tua…»

«Questo fa parte della mia storia, mastro Alustin.»

Alustin la fissò per un momento, poi sospirò. «D'accordo. Ne parleremo dopo a quattr'occhi.»

Hugh era sbigottito. Era abbastanza comune avere due affinità. Anche i maghi che ne avevano solo una, nel tempo finivano per sviluppare una seconda sintonia. Certo, senza un'affinità naturale la cosa richiedeva molto più lavoro, ma i risultati erano molto vantaggiosi. Tre affinità, invece, erano molto rare. E, a quanto pareva, Sabae ne aveva ben quattro! Nonostante gli evidenti intoppi personali, era assurdo anche solo da concepire. L'unico mago con più affinità che conosceva era Aedan Ammazzadraghi, che ne aveva cinque.

Questo, naturalmente, gli fece tornare in mente Rhodes. Quante affinità doveva avere per essere selezionato da Aedan? Era impossibile che a impressionare Aedan fosse stato solo il suo sangue blu.

«Ultimo, ma non meno importante: Hugh.»

Hugh sobbalzò, poi si fece tutto rosso. Le altre due avevano problemi risolvibili. Qualunque cosa Alustin avesse da dire, Hugh era solo…

«Finora gli insegnanti di Hugh non sono riusciti a inquadrare i suoi problemi. Io stesso li ho scoperti solo dopo diverse settimane di ricerca. Ero rimasto colpito dal nostro primo incontro. Hugh, come avete sentito prima, è di Emblin.»

Talia lo interruppe. «Lo sanno tutti che a Emblin non ci sono maghi, solo un mucchio di pastori.»

Hugh puntò gli occhi altrove. «Non sono un pastore» mormorò.

«Credo di aver spiegato come la penso su quello che pensano di sapere tutti, Talia.»

Ci fu una pausa, poi Talia emise l'ennesimo grugnito. Per Alustin bastò come domanda di perdono per averlo interrotto, e proseguì.

«È vero che pochissimi maghi provengono da Emblin, ma non per particolari caratteristiche dei suoi abitanti. In realtà, Emblin è uno dei più profondi deserti di mana dell'intero continente di Ithos.»

Hugh lanciò un'occhiata ad Alustin. «Emblin non è un deserto, signore. Ci sono soprattutto foreste e montagne.» Alustin lo osservò in modo strano, e Hugh subito distolse lo sguardo.

«Un deserto di mana, Hugh, non un deserto in senso stretto.»

«E cosa sarebbe, mastro Alustin?» chiese Sabae.

«Un deserto di mana… Non vi hanno insegnato ancora niente al corso di Flusso dell'Etere?»

Restarono tutti zitti. Alustin sospirò. «C'è un'intera lezione dedicata solo a questo. Per ora accontentatevi di sapere che a Emblin il mana disponibile è ben poco. Lì, anche i maghi esperti fanno fatica a incanalare il mana dall'Etere, ecco perché ci vanno così di rado. In pratica, a Emblin un mago inesperto non riuscirebbe a canalizzare il proprio mana. È probabile che a Emblin ci siano tanti potenziali maghi come in qualsiasi altra nazione, solo che semplicemente non imparano a usare le loro capacità.»

Era la prima volta che Hugh sentiva un discorso del genere su Emblin. Secondo gli embliniani se non c'erano maghi nella loro terra era perché, dopo la caduta dell'Impero di Ithnon, li avevano scacciati tutti.

«Se Hugh fosse stato anche solo un po' più debole, non avrebbe mai manifestato le sue capacità. Invece, è nato con un talento davvero formidabile: a soli quindici anni le sue riserve di mana sono vaste come quelle di un mago esperto. Crescendo e allenandosi, il suo mana si estenderà ancora di più.»

Ma che cosa andava blaterando?

«E, per riuscire a manifestare un qualsiasi tipo di magia, per incanalare il mana in qualche modo, il suo organismo è stato costretto a compiere uno sforzo ben più grande. Ecco perché hai tutti questi problemi con gli incantesimi basilari, Hugh: il tuo corpo inonda ogni tipo di formula magica di troppo mana.»

Hugh era interdetto. «Troppo mana, signore? Per tutto questo tempo si è trattato solo di troppo mana?» Restò un attimo a bocca chiusa, poi scoppiò a ridere. Ma la sua non era una risata di gioia: se non avesse riso, si sarebbe messo a urlare.

Dopo un paio di minuti, Hugh riuscì finalmente a calmarsi. Sia Talia che Sabae lo fissavano in modo strano, mentre Alustin aspettava quieto che finisse.

«No, non è solo quello il problema. Se lo fosse stato, mi sarei limitato a riferirlo ai tuoi insegnanti. Ci sono altre due stranezze di mezzo. La prima è la tua apparente mancanza di affinità. È estremamente raro che un mago non abbia affinità. Il tuo non è l'unico caso, ma resta assai raro. Non è una cosa negativa o positiva in sé. Da un lato, a differenza degli altri maghi, un mago senza affinità potrebbe entrare in sintonia con qualsiasi mana di sua scelta… Ma, dall'altro, richiede molta più fatica del normale.»

Talia sbuffò. «Che benedizione poter scegliere la propria sintonia. Certo, sempre che non si abbia paura di un po' di fatica.»

Alustin la ignorò.

«E poi, c'è l'insolita capacità di Hugh di lanciare incantesimi protettivi.»

Hugh rimase a fissarlo. Un'insolita capacità di lanciare incantesimi protettivi? In pratica erano gli unici incantesimi che sapesse fare, e neanche così bene, visto che Rhodes gli era entrato in camera senza battere ciglio. E poi…

«Come fa a sapere dei miei incantesimi protettivi, signore?»

Alustin gli lanciò uno sguardo ironico. «Vi ho osservati a fondo tutti e tre prima di scegliervi. I tuoi incantesimi protettivi sono più potenti di quelli di molti maghi esperti. La maggior parte delle protezioni delle matricole si limita a far scattare un allarme sonoro se qualcuno le attraversa. Le tue, invece, dissuadono in maniera attiva gli altri a passarci. Per giunta, riescono a distinguere chi le attraversa: se lo fai tu, non si attivano affatto. Mentre gli incantesimi protettivi delle matricole colpiscono chiunque.»

«E dipende dal fatto che lui riesce a usare più mana degli altri?» chiese Sabae.

Alustin scosse la testa. «Non credo. Gli incantesimi protettivi sono una brutta bestia. Se si usa troppo mana si dissolvono e basta. No, quello che fa Hugh è molto più insolito. Li infonde della sua stessa volontà.»

«Come, scusi?» disse Hugh.

«Infondi la tua volontà nelle formule magiche, e così facendo riesci a controllarle molto meglio.»

«Ma…» fece Hugh, poi tacque. Non riusciva proprio a capire il senso di quelle parole.

«L'infusione di volontà si può imparare, ma c'è solo un tipo di mago senza affinità naturali che sa infondere la volontà in modo del tutto spontaneo.»

Hugh si sentiva gli occhi delle altre due apprendiste puntati addosso.

«Hugh, tu sei quello che chiamano stregone.»

Capitolo 10

Lo stregone

Hugh si guardò intorno sconvolto. «Non ho mai fatto patti con i demoni!» esclamò. Sentiva il proprio cuore galoppargli nel petto. Talia e Sabae si stavano entrambe scansando, come se non sapessero se lottare o scappare.

«Nessuno sta insinuando questo…» fece Alustin, poi sospirò. «Immagino che non vi abbiano insegnato neanche cos'è uno stregone.»

Hugh, terrorizzato, si era allontanato il più possibile da Alustin, facendosi indietro sulla sedia. «Non sono uno stregone!» squittì.

Alustin sospirò ancora. «Calmati, Hugh. Nessuno sta insinuando che hai stretto un patto con un demone.» Ma poi, notando le espressioni delle altre due, non poté far altro che sospirare ancora. «Talia, Sabae, Hugh non ha stretto nessun patto con un demone. Va tutto bene.»

Sabae lanciò ad Alustin uno sguardo insospettito, ma parve calmarsi un po'. Talia, d'altro canto, se Hugh si fosse mosso anche di un solo centimetro, era pronta a dargliene di santa ragione.

«Uno stregone è un tipo specifico di mago che acquisisce delle capacità stringendo patti magici con varie entità potenti» spiegò Alustin. «Sì, alcuni stregoni stringono patti con demoni per avere potere, ma sono molto rari. Se pensassi anche solo lontanamente che Hugh ne avesse stretto uno, adotterei drastici provvedimenti.»

Hugh non si sentì particolarmente confortato da quelle parole.

«I patti degli stregoni possono essere stretti con esseri di ogni tipo: elementi della natura, draghi, spiriti… perfino oggetti magici abbastanza potenti. Gli unici requisiti sono che l'essere sia magico, potente, e che sia senziente, o almeno che possa diventarlo.» Alustin si spinse gli occhiali sul naso. «Per esempio, i fantini di grifoni di Tsarnassus in sostanza sono stregoni che hanno stretto un legame magico con i loro grifoni. Così come i Sacri Spadaccini di Havath sono stregoni che hanno firmato un contratto magico con le loro armi.» Alustin fece una smorfia dopo aver menzionato Havath.

«Come diamine si firma un contratto con una spada?» chiese Talia.

«Non basterebbe un giorno a spiegarvelo, quindi ne parleremo un'altra volta» le rispose Alustin. «Per ora vi basti sapere che sono gli stregoni a scegliere l'essere con cui stipulare il contratto. Dovrebbero scegliere con molta, molta attenzione, perché ne dipendono le sintonie e le capacità che acquisiscono. Inoltre, se non patteggiano bene, potrebbero ritrovarsi con pessimi termini contrattuali. A ogni modo, non andrei in giro a dire che Hugh è uno stregone: non meritano la loro cattiva reputazione, ma purtroppo non sono ancora visti di buon occhio.»

Le altre due finalmente avevano smesso di guardare Hugh con sospetto.

«Certo, se Hugh fosse stato uno stregone ordinario non sarebbe stato poi così interessante.»

Per Hugh quelle parole non promettevano bene.

«La maggior parte degli stregoni hanno pochissime riserve di mana. Del resto, a loro non servono: sono i contratti a far acquisire potere. Tuttavia, Hugh, con le sue riserve di mana impressionanti, offre... possibilità interessanti.»

I tre apprendisti non spiccicarono parola. Alustin li guardò, poi sorrise.

«Quindi, passiamo alle lezioni!»

Alustin voleva che tutti e tre lasciassero le loro lezioni di magia, a eccezione di Storia e Matematica, e che si iscrivessero solo alle lezioni mattutine. A quanto pareva, i pomeriggi erano tutti suoi, cosa che disse con un sorriso piuttosto sinistro.

Prima che se ne andassero, Alustin diede un libro a ciascuno dei suoi apprendisti. A Talia consegnò un volumetto che si chiamava semplicemente *Sogni di fuoco*. A Sabae un manuale un po' più grande sulle tecniche di canalizzazione del mana, anche se sembrava addirittura più vecchio di quello sugli incantesimi protettivi di Hugh. A quest'ultimo, invece, un tomo enorme che dovette prendere con entrambe le mani. Il libro era rilegato in pelle, ma non di banale mucca, come credeva Hugh, e decorato con diagrammi intricati di formule magiche.

«Il bestiario di Galvachren?» chiese Hugh. «Signore, ho letto molti bestiari. Sono tutte stupidaggini che si contraddicono a vicenda.»

Alustin sorrise. «Quasi tutti contengono comunque un pizzico di verità, ma, sì, sono quasi tutte baggianate. Quello di Galvachren, però, è il miglior bestiario del continente. È riuscito perfino a incantare tutte le copie, così può aggiornarle ogni volta che ce n'è bisogno. Avevo la tua età quando ho ricevuto la mia prima copia, ed era grande la metà.»

Hugh fissò il libro sbalordito. Anche se fosse stato la metà, sarebbe stato comunque il libro più massiccio che avesse mai letto. Pesava almeno dieci chili.

«A cosa mi serve un bestiario, signore?»

«Per iniziare a cercare potenziali contraenti, naturalmente. Passa pure alla sezione sulle entità abbastanza potenti da avere un capitolo tutto loro, è verso la fine.»

Quella volta, nel prendere il libro, fu Hugh a sospirare.

«Andate pure per adesso, anche se domani vi voglio vedere tutti qui» disse Alustin. «Ah, un'ultima cosa: vi prego di non chiamarmi più mastro o signore. Chiamatemi semplicemente per nome e datemi pure del tu.»

Capitolo 11

Compiti per casa

Quando uscirono dall'ufficio, Hugh subito si diresse verso il suo rifugio segreto, portandosi dietro il suo nuovo libro tenendolo con entrambe le mani. Non si era neanche accorto che Sabae aveva voglia di parlare con lui e Talia. Per arrivare in camera, Hugh intraprese il suo solito giro tortuoso fra gli scaffali, facendo ben attenzione a schivare i golem di origami, e poi si infilò dietro la libreria. Era stato di gran lunga più difficile, considerate le dimensioni del Bestiario di Galvachren.

Entrando, si bloccò di colpo, stupefatto. La stanza era completamente diversa. Al posto del suo letto arrangiato, c'era un materasso vero e proprio con tanto di giroletto. Invece dei suoi mobili traballanti, un arredamento molto più solido, con scaffali pieni di libri su stregoni, grimori di incantesimi protettivi e addirittura qualche romanzo. In cima a uno scaffale c'era un orologio. Sulle pareti erano stati installati perfino dei cristalli sfolgoranti. Anche la finestra era diversa: ora era incorniciata dalle tende, e al posto del telaio deformato con il vetro scolorito c'era una nuova e robusta struttura.

Sul suo nuovo letto c'era un biglietto, che diceva: "Non posso lasciare che i miei studenti dormano su un letto di spazzatura". Era firmato "Alustin Haber, Bibliotecario Errante".

Hugh fissò il bigliettino a bocca aperta per un po', poi posò il bestiario sulla scrivania e andò a controllare le protezioni. In apparenza, erano ancora intatte. Si sedette sul letto, sorpreso.

Si mise a pensare a come Alustin avesse attraversato gli incantesimi protettivi, o anche solo fosse riuscito a far entrare un letto nel suo nascondiglio. Solo allora prese consapevolezza degli avvenimenti di quel giorno.

E scoppiò a piangere.

Capitolo 12

Il Bestiario

Phragmos Azzanna-alberi: Phragmos è un irascibile kraken che vive al largo della costa settentrionale di Ithnon. Abita in un'enorme grotta marina sotto una delle scogliere che si ergono dalle montagne settentrionali di Skyreach. L'hanno sfidato numerosi maghi e flotte, ma nessuno di loro ha mai fatto ritorno. Non attacca sempre le navi di passaggio, ma i marinai sono avvisati: meglio stare alla larga dalla sua grotta.

Che tipo di poteri avrebbe ottenuto stringendo un patto con un kraken? Magari la capacità di respirare sott'acqua? Una forza sovrannaturale? Una sintonia acquea? E che cosa avrebbe chiesto un kraken in cambio?

Asterion: Asterion è una creatura unica nel suo genere. Assomiglierebbe a un minotauro, se solo un minotauro fosse alto sei metri, avesse soli al posto degli occhi e fosse stato forgiato dal notturno cielo stellato e poi trascinato sulla terra. Asterion vaga per le montagne di Skyreach, e di rado lo si trova due volte nello stesso posto. Pare sia stato avvistato più volte nel medesimo luogo solo in un'antica città in rovina antecedente l'Impero di Ithnon. Non presta molta attenzione agli umani ed evita gli insediamenti. Tuttavia, quando è irritato, è un avversario implacabile. Nessuno ha mai visto Asterion mangiare o dormire.

C'erano volute ore prima che Hugh riuscisse finalmente a tranquillizzarsi. Nei giorni precedenti aveva avuto un peso sullo stomaco, tanto era preoccupato per il Selezionamento, ma era andata meglio di quanto avesse osato sperare. A sbalordirlo ancora di più era stata la rivelazione di non essere un mago inutile.

Zzthkxz: Zzthkxz è una ragna grande quanto un elefante. Vive nelle profondità del labirinto al di sotto di Skyhold. Questa enorme aracnide si diverte a proporre indovinelli e a gingillarsi con le proprie prede prima di portarle nella sua ragnatela, dove vanno ad ampliare la dispensa.

Hugh si spaventò un po' all'idea che sotto Skyhold vivesse un mostro. Naturalmente aveva già sentito parlare del labirinto: era citato nella maggior parte delle storie su Skyhold, e alle matricole veniva spesso detto di non entrarci mai. Era pieno di trappole e mostri vaganti, senza parlare del pericolo di perdersi nei suoi passaggi. Esisteva da molto prima di Skyhold, e tanti ritenevano che Skyhold fosse stata costruita lì proprio per quello: nonostante tutti i suoi pericoli, gli avventurieri e i maghi pronti a sfidarne gli abissi spesso tornavano con rare sostanze e potenti oggetti magici.

Heliothrax: Heliothrax è un'antica wyrm del sole, una dragonessa di dimensioni e potere immensi. È piuttosto amichevole con gli umani, ed è nota per aiutarli contro varie bestie magiche. Alcune storie su di lei risalgono agli inizi dell'Impero di Ithnon.

Per Hugh, Heliothrax era la bestia più interessante trovata fino a quel momento nel libro. Un'antica dragonessa del sole a difesa dell'umanità? Quali poteri gli avrebbe concesso? Volare? Sintonia con luce e fuoco? Heliothrax ormai era in cima alla sua lista. Una parte di Hugh non potette fare a meno di pensare che poi stringere un patto con Heliothrax avrebbe fatto passare in secondo piano perfino essere l'apprendista di Aedan Ammazzadraghi.

Jaskolskus il Piroclasma vivente: Jaskolskus è un elementale della cenere, di origini antichissime e un potere straordinario.

Di rado esce dalla caldera vulcanica in cui vive, ma, se fatto arrabbiare, è capace di spazzare via intere città.

Hugh voleva stringere un patto con una bestia potente, ma avvicinarsi a Jaskolskus sembrava… be', una follia vera e propria. Se andava bene, comunicare o anche solo capire gli elementali era difficile, senza contare che si irritavano facilmente. E un elementale potente come Jaskolskus… No, grazie.

Karna Scythe: Karna Scythe è la più recente regina delle gorgoni, e detiene il potere solo da un secolo e mezzo circa. A differenza di chi l'ha preceduta, è propensa a tollerare le visite umane nel labirinto sorvegliato dalla sua gente e perfino a fare affari con alcuni umani.

Quando Hugh finalmente posò il bestiario sulla scrivania (aperto al capitolo di "*Ephyrus la Luna caduta*", un'immensa medusa che fluttuava tra le nubi temporalesche sopra le giungle della parte sudorientale di Ithos) ormai quasi albeggiava, e Hugh era pronto a chiudere gli occhi.

CAPITOLO 13

LA NATURA DELL'ETERE

IL MATTINO DOPO gli apprendisti si riunirono nell'ufficio di Alustin. Hugh fu l'ultimo ad arrivare: il fatto che vivesse in biblioteca non gli impediva di fare tardi se la notte prima era rimasto sveglio quasi fino all'alba.

Talia fece per dire qualcosa, magari per lamentarsi del suo ritardo – Hugh ci avrebbe scommesso –, ma prima che potesse parlare Alustin fece capolino dalla porta.

«Siete tutti qui, ottimo! Entrate!»

Hugh si affrettò a seguire Alustin per evitare un battibecco con Talia. Si stava dirigendo verso le sedie di fronte alla scrivania, quando Alustin lo afferrò per la spalla e lo fece girare verso una delle lavagne, che era stata pulita.

«Seconda lezione!» disse Alustin.

«Seconda lezione?» chiese Hugh.

«Non sto tenendo il conto» precisò Alustin.

Hugh ebbe la buona idea di non rispondere quella volta.

Talia e Sabae li raggiunsero, Alustin intanto aveva cominciato a disegnare qualcosa sulla lavagna.

«Mi pare di ricordare che voleste conoscere meglio l'Etere» fece Alustin.

«Non proprio» gli rispose Talia.

«L'Etere è come l'oceano» spiegò Alustin, disegnando in fretta e furia l'abbozzo del mare. Hugh notò che non aveva niente a che vedere con i bei disegni sulle altre pareti.

«Che cos'è l'Etere, e che ci importa se è come l'oceano?» chiese Talia.

Alustin si voltò a guardarli. «I maghi acquisiscono il loro potere attraverso l'Etere. È mana puro che pervade ogni angolo del mondo. E, come ho detto, è come il mare.»

«Ci sono perfino i pesci?» chiese Talia. Hugh era abbastanza sicuro che fosse sarcastica.

Alustin fece come per rispondere, ma Sabae l'anticipò: «La smetti di interrompere? Magari a te non importa un fico secco di imparare, ma a noi sì». Talia ricambiò lo sguardo di Sabae e, con grande disagio di Hugh, anche il suo. Lui subito si mise a fissare le proprie scarpe.

Prima che Talia potesse aggiungere altro, intervenne Alustin: «Spero proprio che non ci siano pesci nell'Etere. È un pensiero… a dir poco terrificante!». Scosse la testa. «Comunque sia, è come l'oceano nel senso che si alza e si abbassa, come per effetto della marea, ha correnti e una certa profondità, e scorre lì dove è più semplice. A differenza dell'acqua, tuttavia, non ha ostacoli e non subisce la forza di gravità. Scorre libero, a meno che…»

Alustin tornò alla lavagna e aggiunse dettagli al paesaggio marino. Non disse niente per un momento, poi Hugh si accorse che aspettava che qualcuno rispondesse.

«A meno che non lo si costringa a muoversi!» disse Talia. Sabae le lanciò un'occhiataccia.

«Sconsiglio vivamente di cercare di spostare le correnti dell'Etere. Avete mai provato a costringere l'oceano a fare qualcosa?» chiese Alustin, continuando a fissare il disegno.

Quelle parole ebbero l'effetto di zittire Talia.

«Non potete forzare l'Etere a muoversi, ma si possono forgiare dei canali attraverso cui farlo fluire. Il vostro corpo lo fa in maniera naturale, assorbendo e immagazzinando mana dall'Etere. Con l'uso di formule magiche, poi, il mana si può immagazzinare per essere usato successivamente. Nell'assorbire mana dall'Etere, il vostro corpo prosciuga quello intorno a voi. Poi, a seconda della densità dell'Etere che vi circonda, impiega un lasso di tempo più o meno breve per riempirsi di nuovo, come uno stagno che riempie il posto lasciato dall'acqua prelevata da un secchio.»

«È possibile incanalare il mana direttamente dall'Etere, invece di prelevarlo per riempire le proprie riserve?» chiese Hugh.

Alustin temporeggiò prima di riprendere a disegnare. «Da un punto di vista ipotetico, sì, ma è così pericoloso e poco vantaggioso che ci provano in pochi. La purezza selvatica del mana dell'Etere lo rende quasi inutilizzabile. Si sintonizza solo all'interno del corpo. È meglio aspettare che sia il corpo stesso a riempire le sue riserve di mana in modo naturale. Quelli che ci hanno provato di solito l'hanno fatto solo per il gusto di dire che ci sono riusciti.» Parve riflettere un attimo.

«Tornando all'argomento della lezione, il naturale flusso e riflusso dell'Etere comporta enormi differenze di mana disponibile. Alcuni posti, come Emblin» disse facendo cenno a Hugh «hanno un Etere con una densità così bassa che pochi miseri incantesimi basilari lo lasciano a secco per ore. Altri, invece, come Skyhold, hanno campi di mana così ricchi e densi che, anche se migliaia di maghi lanciano incantesimi ogni giorno, quelli non si scalfiscono minimamente. Certo, potete provarci, ma finirete solo senza forze: qui l'Etere si riempie molto più in fretta delle vostre riserve personali.»

Alustin si girò a guardarli. In un modo o nell'altro, era riuscito a trasformare lo schizzo in un meraviglioso paesaggio pieno di dettagli. Hugh non aveva mai immaginato che si potesse disegnare così accuratamente con il gesso.

«Allora, qual è la prossima domanda che voglio che mi facciate?» chiese Alustin.

Gli apprendisti rimasero in silenzio per un momento, poi fu Sabae a parlare: «Da dove proviene il mana?».

Alustin sorrise. «Esatto!»

Talia intervenne. «Questo lo sappiamo tutti. Proviene dalla vita stessa.»

Il sorriso di Alustin scomparve e agitò il dito. «Che cosa ho detto riguardo alle cose che pensano di sapere tutti, Talia?»

Alustin si girò di nuovo verso la lavagna e disegnò un cerchio. «Questa è stata la teoria principale per molti secoli, ma in quest'idea si nasconde un errore mastodontico. Infatti, i deserti di mana e le regioni ricche di mana non corrispondono alla vita in essi presente. L'Erg Infinito, per esempio, è piuttosto desolato, fatta eccezione per qualche mostro, eppure è ricco di mana. Emblin, dall'altro lato, è pieno di foreste di pini, eppure lì il mana è quasi inesistente. Gli studiosi hanno pensato a migliaia di spiegazioni possibili per questo apparente paradosso, una più complessa dell'altra. Alla fine, mezzo secolo fa, l'intero castello di carte è venuto giù. Senza entrare nei dettagli, cosa riteniamo oggigiorno che sia la fonte dell'Etere?»

A quel punto Alustin aveva trasformato il cerchio in una mappa dettagliata di Anastis, con il continente di Ithos in primo piano. Mentre li citava, aveva segnato sulla mappa Emblin e l'Erg Infinito.

«È la morte dell'universo stesso.»

Capitolo 14

Libri!

All'esclamazione di Alustin gli apprendisti rimasero in silenzio. La prima cosa che saltò in mente a Hugh fu che Alustin andava matto per le pause drammatiche.

«Ma in che senso?» fece Talia. Sembrava stupita almeno quanto Hugh. Sabae, naturalmente, era rimasta impassibile, limitandosi a stringere un po' gli occhi.

«L'universo» proseguì Alustin, a quanto pareva soddisfatto delle loro reazioni «si sta lentamente consumando nel corso di innumerevoli eoni. In un lontano futuro, probabilmente molto tempo dopo che l'ultimo umano sarà diventato polvere e che l'ultima stella si sarà estinta, morirà. È questa lenta degradazione della struttura dello stesso universo a generare l'Etere: è un prodotto di scarto della lenta morte dell'universo.»

Hugh si prese qualche istante per elaborare quelle parole. Stava per fargli un'altra domanda, ma Alustin aveva già cambiato argomento. «Andiamo in biblioteca. Essendo miei apprendisti, avete accesso al livello più riservato, ma non provate neanche a spingervi oltre: non solo è proibito ma anche pericoloso. Le biblioteche magiche hanno vita propria.» Prima che gli apprendisti avessero il tempo di reagire, Alustin si era già avviato verso la porta.

Mentre lo seguivano fuori dall'ufficio, Alustin camminò per l'ennesima volta all'indietro, rivolto verso di loro. «Allora, Sabae: dimmi cosa hai pensato del libro sulle tecniche di canalizzazione del mana.»

Sabae sospirò. «Sono tutte inutili. Richiedono di incanalare il mana a densità così elevate che qualsiasi incantesimo lanciato con una di quelle tecniche sarebbe difficilissimo da controllare anche senza le mie... difficoltà.» Nel pronunciare quelle parole, si strofinò senza accorgersene le cicatrici a forma di rami sulle mani.

«Se provassi a lanciare un incantesimo con una di quelle tecniche, combinerei solo un gran pasticcio.»

Alustin sorrise. «Ecco perché sono secoli che nessuno usa più quelle tecniche. Nei decenni successivi alla caduta dell'Impero di Ithnon, era di moda lanciare incantesimi incontrollati e troppo potenti, credo per dare sfoggio della propria natura primordiale, o un'assurdità del genere. E io voglio che tu cominci a mettere subito in pratica queste tecniche.»

Sorprendentemente, sul viso di Sabae trapelarono delle emozioni. Balbettò qualcosa, ma Alustin si era già rivolto a Hugh. Sempre camminando all'indietro, stava scendendo le scale di una sezione della biblioteca in cui le matricole non erano ammesse. Era la prima sezione con grimori avanzati, oltre ad alcuni libri incantati.

«Allora, il nostro stregone ha già scelto qualche potenziale contraente?» In effetti, Hugh si era portato dietro una lunga lista di possibilità, con in testa Heliothrax. «Sono secoli che gli stregoni cercano di contrattare con Heliothrax, ma lei non è interessata. Pochissimi stregoni, invece, sono riusciti a stringere un patto con Asterion, perché la sfida più grande consiste nel trovarlo. Con Darsammeth potrebbe funzionare, ma quasi tutti stringono accordi con lui, quindi chiunque abbia familiarità con gli stregoni sarebbe preparato ad affrontarne uno che ha stretto un accordo con lui. Ephyrus… scelta coraggiosa, ma abbiamo già una maga della tempesta» disse Alustin facendo cenno a Sabae. Alla fine per lui l'unica opzione accettabile fu Asterion. «Sei sulla pista giusta, però. Continua a cercare.»

Hugh stava per chiedergli cos'era con esattezza la pista giusta, ma Alustin aveva cambiato argomento per l'ennesima volta. «Talia, ti è piaciuta la lettura di ieri sera?»

Talia gli lanciò un'occhiataccia. «Era una storia per bambini su un mago che li faceva addormentare incendiando i loro incubi con una fiamma che esisteva solo nei loro sogni.»

«Lo ammetto, non è proprio l'opera accademica più rigorosa di sempre, ma è un inizio, no?»

Talia lo guardò ancora più in cagnesco. «Un inizio per cosa? Per aiutare i bambini a dormire?»

Alustin si mise a ridere. «No, per diventare una maga bellica. Saresti sprecata per qualsiasi altra cosa.»

«Una storia per bambini come potrebbe aiutarmi a...»

Alustin, intanto, si era girato in avanti, schivando una gru messaggera di carta che si librava in aria. Hugh ormai era convintissimo che andasse matto per il melodramma.

«Questo, apprendisti miei, è il Grande Indice.»

Da quello che vedeva Hugh, si trattava di un semplice volume grande come un dizionario aperto su un piedistallo in fondo a una fila di scaffali. Le pagine erano vuote, e accanto c'erano una penna d'oca e un calamaio.

Talia indicò gli scaffali. «Quello a una quindicina di metri di distanza sembrerebbe un altro Grande Indice, Al.»

Alustin sussultò. «Anche se non voglio che mi chiamiate mastro, devo comunque oppormi a questo diminutivo. E forse in effetti ho esagerato un pochino. Questo libro dà semplicemente accesso al Grande Indice. Il Grande Indice è un oggetto magico semi-senziente in grado di tenere traccia di ogni volume in biblioteca. Perlomeno di ogni volume registrato, in quanto ce ne sono diversi che sono sfuggiti ai controlli. Potete usare l'Indice per cercare i volumi in base al titolo, all'argomento o anche al contenuto. Su, facciamo un tentativo! Prego!»

«Bibliotecari pazzi?» propose Talia.

«Sogni onirici siano! Ottimo suggerimento, Talia» la incoraggiò Alustin.

Intinse la penna nel calamaio, poi scrisse "Sogni onirici" in cima alla pagina. Per qualche secondo non successe nulla, poi, con una bella scrittura facile da leggere, cominciarono ad apparire i titoli e le ubicazioni dei libri. Alustin aspettò che si fermasse, poi, facendo un occhiolino ai suoi apprendisti, strappò la pagina.

Hugh temeva che qualche altro bibliotecario li avesse sentiti e che sarebbero finiti nei guai, ma Alustin si limitò a scrivere su altre due pagine: "Sintonizzazioni di sogni" e "Manifestazioni di sogni".

Li trascinò da una parte all'altra della biblioteca alla ricerca dei titoli in lista. Sempre in testa, cominciò a parlare loro del fuoco onirico.

«Anche se è una storia esilarante, il libriccino sul fuoco onirico che ti ho dato non ti sarebbe di grande aiuto, Talia. Il fuoco onirico è un fenomeno ben più strano, data l'insolita natura delle sintonizzazioni oniriche, che sono tra le più versatili esistenti. All'inizio possono essere usate per modificare e manipolare i sogni del dormiente. Come nella storia che hai letto, per essere creato, il fuoco onirico necessita di una tecnica particolare.» Alustin osservò un attimo un libro sul fuoco onirico, poi lo rimise a posto. «Purtroppo, però, è probabile che tu non riesca a interferire con i sogni degli altri, se non tramite la tecnica del fuoco onirico. I tatuaggi ti impediscono di incanalare il mana per alterare i sogni altrui, a meno che, naturalmente, tu non voglia far sognare il fuoco al tuo bersaglio. Quindi, sì, suppongo che ti addestrerò a scacciare gli incubi dei bambini.»

«Il secondo uso delle sintonie oniriche» continuò Alustin, consegnando un libro a Talia «è creare illusioni. È molto più difficile creare illusioni con le sintonie oniriche che con quelle della luce, ma si può fare. Sabae, perché non stai mettendo in pratica quelle tecniche di canalizzazione del mana?»

A Sabae prese un colpo. Sia lei che Hugh erano assorti nel discorso di Alustin. Si scusò borbottando, poi si concentrò a incanalare correttamente il suo mana con occhi persi nel vuoto.

«Le illusioni oniriche spesso sembrano… meno reali di quelle basate sulla luce, ma sono di gran lunga più potenti, tanto che possiedono comunque un pizzico di realtà.» Consegnò a Talia un altro libro e una pergamena. «Il che ci porta al terzo uso del mana onirico: manifestare fisicamente nel mondo stralci di sogni. È una tecnica potente e pericolosa, utilizzabile solo dai maghi onirici più capaci. Normalmente ti ci vorrebbe almeno un decennio per poterci anche solo provare.»

«Allora perché me lo fai provare adesso?» chiese Talia.

«Per via dei tuoi tatuaggi, naturalmente» le rispose Alustin, porgendole un altro libro.

«Non dovrebbero ostacolarmi nella… ehm… nell'evocazione onirica?» domandò Talia.

«La manifestazione onirica. E, sì, lo faranno. Con una sola eccezione.» Le rivolse un sorriso smagliante. «Il fuoco.»

Talia lo fissò per un momento con occhi spalancati, poi ricambiò il sorriso smagliante. «Ora sì che ci capiamo, Al.»

Lui sospirò. «Alustin, per favore. Devo avvertirti che il fuoco onirico manifestato si comporta in maniera assai diversa da quello normale, e non so come lo influenzeranno i tuoi tatuaggi, ma sicuramente lo faranno in modo significativo. Quindi è meglio che tu non faccia esperimenti e che non cerchi di manifestare il fuoco onirico senza supervisione, se non ti dispiace.» Aggiunse altri due libri all'ormai enorme pila di Talia.

«Questi dovrebbero bastarti per adesso. Ma non dimenticare che il sogno è solo una delle tue sintonie.» Alustin lanciò un'occhiata alle tre pagine che aveva strappato dall'Indice, poi se le buttò alle spalle. Prima che toccassero terra, però, si piegarono in golem di carta (una libellula, un corvo e un serpente alato) e tornarono verso il nodo d'accesso dell'Indice da dov'erano venuti. Alustin vide che Hugh li osservava. «Quando non servono più, le pagine si riattaccano da sole al nodo d'accesso. Fa parte delle proprietà magiche dell'Indice.»

Li condusse a un altro nodo d'accesso dell'Indice, su cui scrisse una serie di termini di ricerca. Tra questi, Hugh intravide "Teoria di base delle formule magiche", "Architettura delle formule magiche", "Lancio informe", "Contratti da stregone" e "Stratificazione del mana".

«Per Hugh» disse Alustin «prenderemo due tipi di libri. Il primo tipo» fece, porgendo un testo a Hugh «comprenderà varie guide teoriche sui contratti da stregone. Fondamentali, anche se noiosi. Naturalmente, non ti insegnerò a stilarne uno tanto presto. Più entusiasmanti, invece, Hugh, sono i libri riguardo la teoria di base sulla struttura delle formule magiche.»

A Hugh non suonava particolarmente entusiasmante.

«Purtroppo, dubito che tutt'a un tratto tu possa canalizzare meno mana negli incantesimi. Hai passato la prima fase del tuo sviluppo magico, che è anche quella più critica, a usare troppo mana in ogni effetto, perfino quelli inconsci. Quindi ti assegnerò delle formule magiche che hanno bisogno proprio di un flusso di mana maggiore.»

Quella, sì, invece, che era musica per le sue orecchie!

«Potrei darti una semplice lista di incantesimi da imparare, ma alla fine saresti soltanto un mago molto meno flessibile. Un po' come la maggior parte dei maghi che escono da Skyhold di questi tempi, a essere onesto.»

«Sarei felice di essere come tutti gli altri, signore.» Hugh avrebbe volentieri fatto a meno di stringere un accordo con un drago leggendario pur di passare inosservato.

«Alustin, per favore, non signore» disse l'altro, lasciando cadere tra le braccia di Hugh un pesante tomo «ed essere come tutti gli altri non è di certo una cosa di cui rallegrarsi. Faremo in modo che tu possa improvvisare incantesimi all'istante, così ne avrai uno per ogni occasione.»

Quando Alustin ebbe finito di scegliere i libri per Hugh, ormai il peso della pila rischiava di mandarlo gambe all'aria. Lanciò un'occhiata a Talia, che fingeva in tutti i modi che il peso della sua altrettanto grande pila di libri non fosse un problema per lei.

Alustin gettò a terra altre pagine dell'Indice, che si piegarono e volarono via. «So che ci sei anche tu, Sabae. Per te prenderemo altri manuali pratici su due argomenti: il lancio informe e la stratificazione del mana.»

Quelle parole non avevano alcun significato per Hugh, ma Sabae mostrò un'espressione sconvolta. «Ma il lancio informe è pericolosissimo! Agli studenti è severamente vietato provarci almeno fino al quarto anno.»

Alustin se la rise sotto i baffi. «A meno che il tuo mastro non decida il contrario. Sai perché è vietato il lancio informe?»

Sabae fece come per dire qualcosa, ma poi si bloccò.

«Cos'è questa storia del lancio informe?» chiese Talia.

«Il lancio informe» precisò Alustin «è una pratica che consente di lanciare incantesimi senza l'uso di formule magiche. È più veloce, più potente, e ha la brutta tendenza a creare incantesimi che vanno malissimo, soprattutto se si allontanano più di qualche metro da chi li lancia. Vi ricorda qualcosa?»

Sabae lo guardò inespressiva. «Quindi mi sta dicendo che per risolvere la mia incapacità di lanciare incantesimi a distanza vuole che impari una tecnica che rende ancora più difficile lanciare incantesimi a distanza?»

Alustin sorrise. «No, non lancerai nessunissimo incantesimo a distanza.»

Sabae stava per dirgliene quattro, quando Alustin alzò la mano per tranquillizzarla. «Purtroppo, a causa della tua…» fece una pausa «storia personale, che non vuoi che condivida con gli altri, non c'è molta speranza che tu impari a lanciare incantesimi da lontano. Noi, invece, ti insegneremo a diventare un ottimo mago da combattimento a distanza ravvicinata.»

Sabae sollevò le mani in aria, mostrando le sue sottili cicatrici a forma di rami. «Ci ho provato, signore. Il fulmine non è un tipo di magia da usare da vicino.»

Alustin sorrise. «Non ci hai mai provato seguendo le mie istruzioni.»

Sabae parve speranzosa per un momento, poi cambiò del tutto espressione. «Anche se dovesse insegnarmi come fare, la magia ravvicinata non è pratica, signore. Mentre io cerco di ridurre la distanza tra me e il mio nemico, quello avrà avuto tutto il tempo per lanciarmi un incantesimo da lontano. Ecco perché non ci sono maghi che combattono a distanza ravvicinata.»

«Dammi del tu, ti prego» disse Alustin con un sospiro. «E per quanto riguarda il fatto che non esistono maghi che combattono a distanza ravvicinata, credo che Artur Spaccamuro abbia qualcosa da ridire.»

Sabae fece come per dire qualcosa, ma poi chiuse la bocca, pensierosa.

«Artur Spaccamuro» precisò Alustin «ha una doppia sintonia con ferro e pietra. Durante un combattimento le incanala insieme non solo per creare un'armatura praticamente indistruttibile, ma anche per potenziare il suo gigantesco martello incantato che si porta dappertutto. Anche se può usare le sue sintonie a distanza, lo fa davvero di rado, perché riduce in maniera drastica l'efficacia sia della sua armatura che del suo martello. Per adoperare il mana in questa maniera, usa la seconda tecnica di cui voglio farti leggere, ossia la stratificazione del mana.»

Alustin diede a Sabae un altro paio di libri. Sullo scaffale notò anche un testo che sembrava interessargli e se lo infilò in tasca. «La stratificazione del mana consiste nel far ruotare il mana attorno al corpo come degli stretti anelli. Riduce la capacità di lanciare incantesimi a distanza, ma questo per te non è un problema. In seguito ti consentirà di costruirti un'armatura magica, proprio come Artur. Ed è probabile che ti permetterà anche di sfruttare diverse potenti tecniche di movimento, in grado di ridurre più in fretta la distanza dai tuoi avversari.»

Alustin osservò un altro libro, fece per porgerlo a Sabae, ma poi cambiò idea e lo rimise a posto. «E, fra l'altro, gli esercizi che ti ho fatto leggere sulla canalizzazione del mana ad alta densità aumenteranno enormemente la potenza sia della tua stratificazione del mana che del tuo lancio informe.»

Alustin buttò a terra le ultime pagine dell'Indice, che subito si piegarono in un piccolo stormo di oche e volarono via. «Oh, e sai qual è il terzo segreto di Artur Spaccamuro? Tantissimo allenamento fisico e di combattimento. A proposito, vi allenerete tutti.»

Hugh era abbastanza sicuro che i libri che stavano portando contassero già come allenamento.

Capitolo 15

La storia di Sabae

Alustin li fece accomodare a un tavolo poco distante, chiedendo loro di mettersi a leggere e precisando che lui sarebbe tornato qualche ora dopo.

Hugh non vedeva l'ora di posare la sua pila di libri. Prima di iniziare a leggere, passò diverso tempo a massaggiarsi i muscoli dolenti.

Anche se avrebbe voluto immergersi subito nei libri sui contratti da stregone, decise di cominciare dalla struttura degli incantesimi di base.

Era da un'oretta che i tre se ne stavano seduti a leggere in silenzio, quando Sabae richiuse il suo libro con un forte tonfo. «Quindi sarà così per i prossimi anni?» disse, lanciando a entrambi uno sguardo inespressivo. «Ce ne staremo in silenzio a ignorare gli altri?»

«Non mi sembra male» fece Talia fissando Sabae.

Hugh infilò un altro libro dentro quello che stava leggendo per non perdere il segno, poi osservò le due ragazze, ma subito riabbassò lo sguardo sul tavolo.

«Per i prossimi anni siamo costretti a stare insieme, quindi tanto vale sfruttare la situazione al meglio» disse Sabae.

Talia la fissò per un momento, poi sospirò. «Bene. Cos'avevi in mente?» Non sembrava particolarmente incuriosita.

Sabae fece una breve pausa. «Be'… perché non ci presentiamo un po' meglio?»

Talia sbuffò. «Tu ci hai già detto chiaramente che non vuoi raccontarci la tua storia.» Lanciò un'occhiata a Hugh. «E tu, pastore, vuoi raccontarci la tua?»

Hugh divenne paonazzo. «Non sono un pastore» replicò, poi riaprì il suo libro.

Non parlarono per diversi minuti, eppure Hugh notò che nessuno di loro girava più le pagine.

Alla fine Sabae riprese la parola: «La mia quarta affinità è curativa».

Hugh e Talia alzarono la testa di scatto, sorpresi.

«Come?» fece Talia.

«La mia quarta affinità è curativa» ripeté Sabae.

Per un po' restarono tutti zitti, poi Talia disse: «Perché non vuoi che la gente sappia che hai poteri curativi? Sono utilissimi, accidenti».

Neanche Hugh capiva perché tenesse segreta una cosa del genere. Solo a Emblin la gente diffidava dei guaritori, ma tanto laggiù diffidavano di ogni tipo di magia.

Sabae esitò prima di rispondere. «La mia famiglia ha difeso per secoli Ras Andis, la città portuale. Ogni nostra generazione ha potuto contare su potenti maghi della tempesta che proteggessero la città da tormente e invasioni. Mia madre, Andia Kaen Das, è più forte di quasi tutti i membri della nostra famiglia. I miei nonni hanno combinato il matrimonio di mia madre quando lei era ancora piccola con l'erede di una famiglia di potenti maghi del mare. Si aspettavano che lei avrebbe accettato senza battere ciglio, ma...» fece un sorriso ironico «mia madre forse è la donna più testarda al mondo.

«Invece di sposare il mago del mare, è fuggita con mio padre, un semplice guaritore. La nostra famiglia si è rifiutata di riconoscere la loro relazione e, dopo la mia nascita, l'ha scacciata dalla proprietà. Nonostante tutto sono stati begli anni. Mio padre era un brav'uomo e noi eravamo felici. Lui gestiva una piccola clinica nella città sopra cui vivevamo. Si lasciava pagare con quello che la gente poteva dare, quando poteva darlo, e così si è fatto molti amici tra i poveri. Mia madre, piuttosto che entrare in competizione con i maghi della tempesta della sua famiglia, ha preferito lavorare come semplice maga acquea, bonificando i pozzi altrimenti ignorati della città. I comitati di quartiere non potevano pagarla molto, ma le davano il possibile. Non eravamo di certo benestanti, ma non ci mancava nulla.»

Sabae fece un'altra pausa. «Ma poi a Ras Andis è arrivata la Morte Blu. In città ha attraccato un mercantile con un membro dell'equipaggio già contagiato, e non sono riusciti a metterlo in tempo in quarantena. In poche settimane si è diffusa ovunque, soprattutto nei quartieri più poveri.»

«Cos'è la Morte Blu?» chiese Talia.

Sabae rimase in silenzio per un momento. «Vomito. Febbre alta. Dolori. Poi tutt'a un tratto il calore corporeo si disperde e si muore come se si fosse fuori in una bufera di neve, perfino in piena estate, in una delle città più a sud di Ithos.»

Sabae giocherellava con uno dei suoi libri. «Mio padre è morto curando i poveri. Avrebbe anche potuto evitare di ammalarsi, ma era ormai senza forze a furia di curare gli altri. Morirono anche molti membri della mia famiglia, e fu allora che si rimisero in contatto con mia madre. All'inizio lei non aveva voluto cedere, pensando che la rivolessero solo perché ormai mio padre era morto, ma, dopo averlo perso, non era più la stessa. Siamo state riaccolte a braccia aperte. Io avevo otto anni.

«Anche quegli anni non sono stati male. La mia famiglia era gentile e premurosa nei miei confronti, nonostante fossi una semi-sconosciuta figlia bastarda. Eppure mi trattavano come se fossi sempre stata una di loro. Spesso, a causa della loro ricchezza, mi sentivo a disagio, fuori posto, ma gli altri erano sempre pazienti e gentili. Penso che si fossero sinceramente pentiti di aver scacciato mia madre e che avrebbero voluto ricontattarla prima, ma non avevano mai trovato il coraggio.

«Col tempo, però, l'idea di vivere nella proprietà di famiglia ha cominciato a infastidire mia madre. Così ha iniziato ad accettare un contratto di bordo dopo l'altro. Si occupava di guidare le flotte mercantili al sicuro quando il mare era in tempesta. Tornava a casa di rado, e spesso non per più di due settimane consecutive.

«Pochi anni dopo si sono manifestate le mie affinità. All'inizio la mia famiglia era entusiasta, anche perché, oltre a quella curativa, tutti si aspettavano che avrei forse ereditato un paio delle loro. Di rado si ereditano tutte le affinità dei genitori. Io invece le avevo tutte e tre, più quella curativa. Poi però abbiamo scoperto la mia maledizione. Hanno provato in tutti i modi a insegnarmi a controllare i miei poteri a distanza, ma è fallito ogni tentativo. Perfino mia madre, una delle rare volte in cui è tornata, ci ha provato, ma nonostante il suo aiuto non c'è stato comunque niente da fare.

«Non mi hanno mai rimproverato né trattato male, ma mi accorgevo che per loro era colpa dei miei genitori, che incriminavano mio padre di aver corrotto la stirpe dei Kaen Das. La cosa peggiore è che avevano ragione. La maggior parte dei guaritori, come mio padre, non riesce a praticare la magia a distanza, ma loro sono fortissimi da vicino. Anche se ai guaritori praticarla a distanza non serve, però, questa cosa per me ha fatto svanire ogni possibilità di diventare una maga bellica.

«La mia famiglia mi ha mandato a Skyhold nella speranza di trovare una soluzione, e la scuola si è subito proposta di aiutarci. Del resto, nessuna scuola aveva mai avuto studenti del mio clan e – spero che capiate che non lo dico con arroganza – siamo molto richiesti. Sono la prima Kaen Das a studiare le arti magiche al di fuori della nostra famiglia, e probabilmente sarò anche l'ultima. Non che in fondo sia davvero una Kaen Das. Da quando sono arrivata, però, gli insegnanti non sono riusciti a trovare una soluzione e hanno preferito prendere le distanze per evitare che il mio fallimento potesse essere associato a loro. Alcuni studenti hanno cercato di diventare miei amici, ma solo per la reputazione e la ricchezza della mia famiglia. Qualche insegnante ha provato anche a spiegarmi come funzionano i poteri curativi, ma non voglio causare ulteriore vergogna al mio clan.»

Per un momento restarono tutti in silenzio, poi Talia finalmente lo spezzò: «Scommetto che sarà bello sbattergli in faccia i tuoi poteri tra qualche anno». Rivolse un sorriso smagliante a Sabae. Lei all'inizio rimase di stucco, poi si disegnò un sorrisino anche sulle sue labbra. Perfino Hugh sorrise un po', ma quando le altre due lo guardarono, subito abbassò la testa.

«Non ho mai osato sperarci prima di incontrare Alustin» disse Sabae. «Sempre che possa insegnarci quello che ci ha promesso...»

«A meno che non sia completamente pazzo» fece Talia, sorridente.

Hugh, stranamente, trovò il coraggio di fare una battuta: «Magari un po' e un po'».

Talia fece una risata nasale, divertita, e Sabae se la rise sotto i baffi. Perfino Hugh abbozzò un sorriso.

Rimasero un momento in silenzio, poi Talia parlò ancora: «Immagino tocchi a me raccontare la mia storia».

Capitolo 16

La storia di Talia

«Il clan Castis» disse Talia «non è il clan più numeroso delle montagne settentrionali di Skyreach. Anzi, è uno dei più piccoli. Non è il più ricco, né il più antico, né il più rinomato. Tuttavia, è uno dei più temuti. Abbiamo affrontato mille battaglie e vinto mille battaglie.» Sorrise. «Be', quasi mille battaglie.»

Hugh dubitava che stesse esagerando. I clan delle montagne settentrionali erano conosciuti proprio per la loro belligeranza e il comportamento territoriale. Si scontravano sempre gli uni con gli altri, e con molti paesi vicini, che alla fine, pur di evitare di doverli affrontare, preferivano pagare loro un tributo ogni anno. Non che non avessero provato a scacciarli, ma perfino l'Impero di Ithnon non era mai riuscito a conquistarli.

«I segreti del nostro successo sono due. Il primo è la nostra padronanza del fuoco. Più della metà della tribù è composta da maghi del fuoco. Alcuni sono piuttosto deboli, ma in ogni generazione ce ne sono di estremamente potenti. Se messi tutti insieme, però, anche i maghi deboli diventano difficili da sconfiggere. I nostri poteri magici non sono molto versatili, ma con il fuoco non ce n'è bisogno.

«In ogni generazione viene scelto come capo bellico uno dei maghi del fuoco più potenti. Non è scelto necessariamente il mago del fuoco più forte, gli anziani giudicano i candidati anche in base alla loro saggezza, coraggio o altro. Il capo bellico guida la tribù solo in guerra, ma quelle a noi non mancano mai.» Sorrise a quelle parole.

«Mio padre, come sua madre e suo nonno prima di lui, è stato scelto come capo bellico. Era il secondo mago del fuoco più forte della sua generazione.

«La sua rivale principale era mia madre, che era addirittura più forte di lui. Alla fine, non è stata scelta per due motivi: la sua statura e il suo caratterino.» Sorrise tra sé e sé. «Così ha odiato mio padre per anni. Solo dopo che, una guerra dopo l'altra, lui si è dimostrato all'altezza del suo ruolo, gli ha permesso di corteggiarla.

«Sono la minore di sette figli. Tutti i miei fratelli sono potenti maghi del fuoco. Anzi, alcuni di loro sono addirittura più forti dei nostri genitori. Da quando hanno cominciato a partecipare alle guerre, il nostro territorio si è ampliato notevolmente. Uno di loro sarà di sicuro il prossimo capo bellico. E poi sono nata io.

«I miei genitori desideravano da tempo una figlia femmina. Sarebbero stati contenti di viziarmi, ma io non ho mai avuto la pazienza per mettermi a giocare con fiocchi e pupazzi. Una volta che ho imparato a camminare, me ne andavo in giro per le montagne o combattevo contro altri bambini.» Sembrava piuttosto orgogliosa di quel fatto. «I miei genitori, aspettandosi che fossi una maga del fuoco potente come i miei fratelli, sono andati subito dagli anziani della tribù per farmi tatuare.»

Si alzò le maniche per mostrare gli altri tatuaggi. Erano chiaramente formule magiche, ma estremamente complesse. «Questi tatuaggi sono il nostro secondo segreto per il successo. La mia tribù ha passato secoli a sperimentare e imparare. Abbiamo provato infiniti disegni, inchiostri ecc. Abbiamo cercato incantatori, altri maghi del fuoco, altri clan in grado di incantare i tatuaggi. Diverse generazioni fa, uno degli antenati di mia madre ha perfino viaggiato in un altro continente pur di imparare le tecniche di una tribù che usava i tatuaggi per potenziare la padronanza del vento.

«I nostri tatuaggi aumentano la sintonia con il fuoco come nient'altro, sono addirittura più efficaci di tecniche e addestramenti che ci tramandiamo da innumerevoli generazioni. Ci rendono anche molto resistenti al calore e al fuoco. Siamo i più forti maghi del fuoco del pianeta. Anche i nostri non-maghi sono tatuati con formule magiche che li rendono più resistenti al fuoco dei nostri maghi.»

«Perché...?» provò a chiedere Sabae.

Talia abbassò le mani e scosse la testa. «Troppe formule magiche che proteggono dal fuoco potrebbero interferire con il potere d'attacco di un mago.»

Talia si fece pensierosa. «Però i tatuaggi hanno un effetto collaterale. Interferiscono con le altre sintonie. Non che ci siano molte altre sintonie nella nostra tribù, ma possiamo sposarci con persone che non fanno parte del nostro clan. Di solito non è un problema: se non puoi usare le altre sintonie, ti resta comunque il fuoco.

«I miei genitori, però, mi hanno fatto tatuare ancora prima che si rivelassero i miei doni. Prima si manifesta il dono, più la sintonia con il fuoco è profonda. Essere tatuati prima che si manifestino i doni genera la sintonia più profonda di tutte. I genitori di rado decidono di correre questo rischio, perché se non sei un mago i tatuaggi sono inutili e la resistenza al fuoco non può essere incrementata. Eppure nella mia famiglia, su otto individui, tutti e otto sono tra i più grandi maghi della nostra tribù. Nessuno pensava che sarebbe stato rischioso. Come se non fosse abbastanza, i miei genitori hanno chiesto agli anziani di farmi tatuare i disegni più elaborati e potenti che la mia tribù avesse mai sperimentato, disegni che neanche avrebbero funzionato se non fossero stati tatuati prima che i doni si manifestassero.»

Talia aggrottò ancora di più la fronte. «E poi i miei doni si sono manifestati. Osso e sogno. Erano inutili, e mio padre era furibondo. Pensava che mia madre l'avesse tradito con un uomo di un'altra tribù. Litigando hanno bruciato diversi acri di bosco alpino. Alla fine i veggenti hanno confermato che ero davvero sua figlia, ma...» fece un breve sorriso «mia madre l'ha fatto dormire per settimane con cani e capre prima di farlo tornare in casa. Il clan Castis durante quel periodo ha combattuto molte battaglie.

«I miei genitori e gli anziani della tribù hanno viaggiato in lungo e in largo in cerca di risposte. I miei fratelli sono andati ognuno in una nazione diversa per consultare i saggi più esperti. Uno dopo l'altro, hanno fallito tutti, finché è rimasto solo il mio fratello maggiore, che non aveva ancora fatto ritorno. Nel cuore dell'inverno, mesi dopo la sua partenza, è tornato dal clan Castis con la garanzia che Skyhold mi avrebbe presa. Non hanno fatto promesse, ma hanno riacceso la speranza. I Castis non avevano mai mandato nessuno del loro clan a studiare in grandi accademie.

Non ci vincoliamo con nessuna nazione, ma Skyhold, tra tutte le grandi scuole di magia, è l'unica a essere indipendente.»

Talia si acciglió. «Quando sono arrivata, però, mi hanno ignorata tutti, e insegnanti e studenti mi hanno liquidata come un'inutile barbara. Molti pensavano addirittura che fossi analfabeta, anche quando dimostravo di saper leggere.» Talia lanciò a entrambi un breve sguardo di sfida. «Dopotutto, a parte leggere e raccontare storie non c'è molto altro da fare quando l'inverno ci tiene intrappolati nei capanni.

«Credo che i docenti qui abbiano pensato che mio fratello esagerasse, che i miei problemi fossero facilmente risolvibili da chiunque non fosse uno sciocco barbaro. Quando si sono resi conto della situazione, hanno preferito fare orecchie da mercante. Dopo tutti questi mesi, Alustin è stato il primo a non congedarmi e basta. A dirla tutta, prima che Alustin mi selezionasse avevo deciso semplicemente di andarmene da Skyhold.»

Capitolo 17

La storia di Hugh

Scese il silenzio, poi le ragazze si voltarono verso Hugh. Si rese conto che volevano che anche lui raccontasse la sua storia. Si sentì avvampare e guardò ora l'una ora l'altra.

Sabae parve impietosirsi. «Prenditi il tuo tempo, Hugh. Non ti mordiamo mica.» Lanciò un'occhiata esplicita a Talia, ma lei non colse l'antifona.

Talia, che fissava attentamente Hugh, disse: «Devo... devo scusarmi, Hugh. Sono stata pessima con te, anzi con entrambi. E non ve lo meritate». Naturalmente pronunciò quelle parole con uno sguardo feroce, come se li sfidasse a rifiutare le sue scuse.

«Non preoccuparti» replicò Sabae. «La tua storia rende la tua rabbia del tutto comprensibile.»

Hugh, con voce tranquilla, si limitò a dire: «Grazie». Lo fece fissando Talia dritto negli occhi, anche se subito dopo puntò lo sguardo in basso.

Sembrò che Talia si fosse un po' rilassata. Hugh, invece, era sempre più agitato sotto le occhiate delle altre due, che gli facevano capire che avrebbero voluto sul serio ascoltare la sua storia.

I racconti di Talia e Sabae sembravano usciti dritti dritti da un libro. Il loro passato ricordava quello degli eroi delle favole. Il passato di Hugh invece... era quello di una nullità. Nessuno potrebbe mai... Hugh diede un taglio a quel tipo di pensieri e fece un respiro profondo per calmarsi. E poi altri ancora. E poi un ultimo, lungo respiro.

«Nella... nella mia famiglia non c'è nessun mago. Nessuna grande storia, nessun grande nome. Eravamo semplici paesani. Vivevamo a Valle dei Cedri, un piccolo villaggio sui boschi alpini di Emblin. Mio padre gestiva la segheria di Valle dei Cedri, mentre mia madre era la figlia di un commerciante di legname. Gente semplice. Non ricca, se non per gli standard di Valle dei Cedri.» Alzò lo sguardo e sorrise nervoso. «A Valle dei Cedri vivevano solo circa quattrocento anime, quindi gli standard non erano poi così alti.»

Hugh smise di parlare per un po'. Fissava il tavolo, cercando di mettere ordine tra i pensieri. Con la coda dell'occhio vide che Talia stava per dire qualcosa, ma Sabae aveva scosso la testa.

«Quando avevo dieci anni, la nostra casa è andata a fuoco. Mio padre mi ha portato fuori, ma quando è andato a recuperare mia madre e la mia sorellina, il tetto è crollato.»

Rimase in silenzio per qualche altro istante.

«Il fratello di mio padre e sua moglie mi hanno preso con loro. Erano pastori e avevano già otto figli. Mio zio ha venduto il mulino di mio padre per potermi allevare, ma si lamentava sempre dei costi e delle difficoltà.»

Hugh continuò con voce amara. «Per me non hanno speso quasi niente. Mi davano i vestiti di seconda mano dei miei cugini e facevano mangiare sempre prima loro. Mi facevano lavorare con le pecore, e a me andava bene, ma non si sono mai degnati di insegnarmi qualcosa o di aiutarmi, senza contare che sono stato sempre basso. Ben presto mi hanno fatto capire senza troppi giri di parole che ero un pastore inutile. Ogni volta che io e i miei cugini litigavamo, mia zia e mio zio non si schieravano mai dalla mia parte. Vivevamo lontano dalla città, quindi non c'erano altri bambini con cui giocare. Così passavo la maggior parte delle giornate fuori a vagare nei boschi.

«Non volevano essere crudeli o trascurarmi. Erano solo troppo occupati per pensare a me. Il fatto di avermi fuori dai piedi per gran parte del tempo per loro era una benedizione. Non appena si sono manifestati i miei poteri, mi hanno subito spedito a Skyhold. A Emblin si guarda alla magia con sospetto e tutti si vantano di non avere poteri magici. I miei zii mi hanno detto che non mi avrebbero più voluto con loro, e da allora non mi hanno mai scritto.

«Da quando sono arrivato qui… è… sono…» Fece un respiro profondo. «Nessuno vuole essere amico di un bifolco di campagna che non riesce ad azzeccare perfino il più stupido degli incantesimi basilari. Sono buono solo a essere lo zimbello di tutti. Qualche insegnante ha provato ad aiutarmi, ma prima di Alustin mi hanno trattato tutti come una perdita di tempo e basta.»

Hugh aveva il fiato corto, era letteralmente da anni che non parlava così tanto. Da quando aveva cominciato il racconto, non aveva alzato la testa neanche una volta. Del resto, era sicuro che le altre due lo avrebbero preso in giro per quanto la sua storia fosse… rustica e bucolica.

Mentre erano ancora avvolti dal silenzio, Hugh cominciò a sudare e a farsi paonazzo, ma non alzò la testa. Alla fine fu Talia a parlare: «Hugh».

Suo malgrado, Hugh sollevò lo sguardo. Sabae aveva un aspetto comprensivo, ma Talia sembrava su tutte le furie. Lui si fece ancora più paonazzo, voleva sprofondare nella sedia.

«La tua famiglia non vale un fico secco. Chiunque tratti in quel modo il sangue del suo sangue nel momento del bisogno è una serpe senza onore, e merita di essere tosato come le sue pecore. Anche se immagino sia difficile distinguere gli uni dalle altre.»

Hugh fissò Talia a bocca aperta. Poi guardò Sabae, anche lei vagamente sbalordita: ma gli fece un cenno determinato con la testa. Hugh continuò a guardare ora l'una ora l'altra.

Poi scoppiò a ridere. Non perché la situazione fosse tanto divertente: aveva raccontato quella storia con così tanto nervosismo e una tale agitazione che non riuscì a trattenersi. L'unica reazione che si aspettava era il disprezzo, e invece si erano addirittura arrabbiate per lui.

Le altre continuarono a fissarlo mentre lui rideva. Cercò di calmarsi per spiegare qualcosa, ma finì per ridere ancora più forte. Dopo qualche altro secondo, Sabae mutò la sua espressione, in genere indecifrabile, e iniziò a ridacchiare anche lei.

Talia li guardò infuriata, ma questo li fece soltanto sbellicare. Si sarebbe detto che stava per mettersi a urlare, ma non appena aprì la bocca esplose anche lei in una risata.

Quando poco dopo arrivò Alustin, li trovò a sganasciarsi dalle risate. Talia era addirittura caduta a terra. Forse era la prima volta che vedevano Alustin sorpreso.

Ma questo li fece piegare ancora di più dalle risate.

Capitolo 18

La routine

Da quel momento la vita di Hugh cominciò a seguire una certa routine. Si svegliava presto ogni giorno e faceva una colazione frugale. Poi si allenava. Alustin non scherzava affatto quando aveva parlato della preparazione atletica: dovevano esercitare la forza e fare dei giri di corsa in una delle palestre più grandi dell'Accademia. La cosa peggiore era che Alustin correva assieme a loro e intanto spiegava la natura dell'Etere, le sintonie comuni, le loro rispettive sintonie, l'utilità degli incantesimi basilari (e come venissero poco usati dalla maggior parte dei maghi) e una marea di altri argomenti. Si aspettava che ascoltassero e rispondessero alle domande, anche quando erano tutti senza fiato.

Hugh, poi, si lavava per andare a lezione di Storia e Matematica. Di solito non aveva nessun problema con quest'ultima, se l'era sempre cavata piuttosto bene con i numeri. Ma essere stanco morto ogni volta che era in classe non era d'aiuto. Si addormentava di frequente durante entrambe le lezioni. Se un tempo avrebbe continuato a dormire fino a quando l'insegnante non se ne fosse accorto, ormai ci pensavano Sabae o Talia a svegliarlo, anche se Sabae con modi sempre un po' più gentili di Talia. E lui ricambiava il favore quando ce n'era il bisogno.

Dopo andava a pranzo. Di solito erano troppo stanchi per chiacchierare, ma Hugh era comunque contento di stare assieme alle altre due ragazze. Non era sicuro che lo reputassero un loro amico, ma non sembravano disprezzare la sua compagnia.

L'addestramento magico quotidiano iniziava dopo pranzo. Hugh si esercitava così tanto con i principi di base della struttura delle formule magiche che cominciò a sognarsi le loro forme geometriche. Purtroppo, non aveva ancora imparato incantesimi veri e propri. Nonostante le promesse di Alustin, non sentiva di progredire come mago.

L'unica eccezione, naturalmente, erano gli incantesimi protettivi. Una lezione dopo l'altra, Alustin lo aveva sommerso di libri sulla progettazione e la teoria di questi ultimi. Non sempre lo sommergeva di libri solo metaforicamente: una volta, dopo che Hugh aveva iniziato a creare incantesimi protettivi che lo difendessero dagli attacchi, Alustin gli aveva buttato addosso libri, penne e qualsiasi altro oggetto a portata di mano.

Esigeva anche che fosse sempre più veloce, così spesso gli dava solo una manciata di secondi per creare un semplice cerchio protettivo prima di cominciare a buttargli roba addosso. Hugh prese dunque l'abitudine di portarsi dei gessi nelle tasche dei pantaloni, in modo da essere sempre pronto a disegnare protezioni.

Continuò anche a leggere l'infinito bestiario. Inaspettatamente furono pochi gli esseri da lui selezionati che ebbero l'approvazione di Alustin. Fino a quel momento la sua lista era composta solo da tre voci: Asterion, lo spirito del minotauro stellato; Uolos, un gigantesco serpente di ghiaccio che viveva nell'estremo Nord; e Dagan Spirale, il fantasma di un guerriero morto secoli prima mentre difendeva dai mostri uno stretto passo di montagna, e che faceva ancora da sentinella.

Alustin non era stato molto chiaro sui suoi piani futuri per Hugh, ma si era lasciato sfuggire che voleva portare i suoi apprendisti fuori da Skyhold l'estate successiva per far firmare il primo contratto a Hugh e mettere alla prova le capacità di tutti e tre.

Sabae e Talia seguivano programmi di allenamento personalizzati e lezioni extra sugli incantesimi basilari (a quanto pareva quella era un'ossessione di Alustin). Sabae passava diverse ore al giorno a canalizzare e poi a stratificare il suo mana ad alta densità. Quando si seppe destreggiare piuttosto bene, Alustin le fece praticare entrambi gli incantesimi allo stesso tempo. Hugh si era abituato alla leggera brezza che la circondava di continuo, così come alle esplosioni quando il mana le sfuggiva di mano. Non aveva ancora iniziato a lanciare incantesimi informi, ma Alustin le fece imparare sia la teoria che gli esercizi mentali che li precedono.

Inoltre, combatteva un'ora al giorno, separatamente da Talia e Hugh. Trascorse molte giornate con Artur Spaccamuro, che sembrava contento che suo figlio avesse un'abituale compagna d'allenamento. Sabae aveva anche appuntamenti regolari con una serie di guardie: avventurieri di passaggio diretti verso il labirinto e altri guerrieri che le insegnavano le cose più disparate. Si concentrava soprattutto sulle tecniche di combattimento a mani nude, ma le fu spiegato l'uso di molte armi, in modo da conoscerle nel caso in cui se le fosse ritrovate davanti.

Alustin l'aveva spesso incitata a trasformare in sintonia vera e propria la sua affinità curativa, ma sempre senza successo. A Sabae non interessava minimamente. Anche se finalmente studiava la magia bellica, continuava a dare la colpa al suo dono curativo se non poteva seguire le tradizioni e l'addestramento di famiglia.

L'allenamento di Talia, invece, richiedeva che stesse seduta immobile per ore, a cercare di manifestare il fuoco onirico. Hugh non immaginava quanto fossero rare le sintonie oniriche e quanto fossero difficili da controllare, anche senza le complicazioni di Talia. A quanto pareva, i maghi con sintonie oniriche a Skyhold erano così pochi che si potevano contare sulle dita di una mano. Se avevano altre affinità, a molti di loro veniva sconsigliato di perseguire la sintonia onirica. Quelli che invece continuavano per quella strada spesso morivano durante gli allenamenti. I sogni manifestati erano caotici e mutevoli come quelli reali, e una spada all'interno di un sogno manifestato poteva facilmente trasformarsi in un serpente e mordere chi la impugnava. Per controllare la forma dei sogni manifestati occorreva una notevole forza di volontà.

Fino a quel momento Talia ci era riuscita solo poche volte. Era capitato che la fiamma onirica di una candela si trasformasse in un nugolo di insetti con pungiglioni affilati che erano spariti solo dopo aver pizzicato tutti e tre i ragazzi. Alustin, naturalmente, ne era uscito illeso. Un'altra volta le fiamme si erano congelate ed erano cadute a terra frantumandosi nel nulla. Le poche volte in cui Talia era riuscita a manifestare un fuoco onirico stabile, questo aveva un aspetto sovrannaturale: era di un colore instabile che andava dal verde al viola ed emanava una luce che dava agli oggetti un aspetto deforme e contorto.

Dall'altro lato, lo studio delle illusioni oniriche procedeva un po' più in fretta, ma non in modo particolarmente utile. Le sue illusioni si presentavano solo sotto forma di fiamme, ma fiamme costituite da cavalli, alberi, castelli e altre caotiche figure oniriche. Talia non sarebbe mai stata una grande illusionista.

Purtroppo, Alustin non aveva ancora trovato un modo per farle usare la sua sintonia ossea. Sosteneva di avere un paio di piste promettenti, ma niente di più. La versatilità onirica era più facile da sfruttare con le formule magiche tatuate sul suo corpo rispetto alla natura relativamente più specifica delle sintonie ossee.

A fine giornata Hugh andava a cena da solo nella mensa più piccola. Tornato al suo rifugio, di solito passava un po' di tempo a leggere i libri assegnati e a sfogliare il bestiario, ma il più delle volte crollava a letto non appena rientrava in camera.

Capitolo 19

Giorno libero

Kleteletet il Serpente delle nuvole: Kleteletet è un serpente lungo tredici metri fatto interamente di solide nebbie velenose. Appare solo nelle notti senza luna nelle giungle sudorientali di Ithos, e le sue vittime impiegano ore a morire nel suo stomaco, impossibilitate a fuggire, anche se le loro grida si sentono benissimo.

Hugh non avrebbe aggiunto di certo Kleteletet alla sua lista.

Ogni Quinto Giorno, gli studenti avevano tutti un giorno libero. Dato l'estenuante programma di allenamento a cui li sottoponeva Alustin, Hugh ne sentiva un gran bisogno, e immaginava che lo stesso valesse per le altre sue due compagne. Di solito se ne stava nella sua stanza segreta a leggere. Del resto, stava ancora cercando un'entità con cui stipulare un contratto.

Tetragnath: Tetragnath è una mente alveare composta da milioni di ragni. Le loro ragnatele ricoprono enormi porzioni della foresta di Aito a Tsarnassus. Nelle profondità delle ragnatele di Tetragnath dovrebbero trovarsi una serie di piante rarissime e molto richieste dagli alchimisti. In pochi escono vivi dalla foresta, ma incendiare i boschi per liberarsi di Tetragnath porterebbe a bruciare anche le piante preziose, senza contare che Tetragnath pare non abbia molto interesse a espandere il suo territorio, quindi è piuttosto tollerato.

Nel Bestiario di Galvachren erano elencati un numero sorprendente di ragni. A quanto pareva, i ragni magici erano diventati così intelligenti e potenti da comparire spesso nella lista.

O, forse, Hugh stava semplicemente leggendo le sezioni con più ragni. Difficile dirlo, visto con quanta frequenza cambiava il libro. Si sarebbe detto che Galvachren, oltre ad aggiungere quasi ogni giorno nuove voci, spostasse spesso anche quelle esistenti. Ma non sembrava ci fosse un senso all'ordine delle voci.

Chelys Mot la Tartaruga sismica: Chelys Mot è una tartaruga di dimensioni immense, con un carapace largo quasi trenta metri. È in grado di controllare la terra e la pietra, oltre che di generare terremoti circoscritti. Ha un carattere irascibile e non gli piace essere disturbato, ma si può riuscire a ragionare o a contrattare con lui se si è educati. Di solito si aggira sul confine settentrionale dell'Erg Infinito.

Hugh fischiò. Chelys Mot sembrava un'ottima opzione. Potente, disponibile e relativamente vicino. Subito lo aggiunse alla lista da mostrare ad Alustin.

Intet Slew il Bollisangue: questa creatura semi-drago e semi-demone ha l'abitudine di…

Hugh sbiancò un po'. No, di sicuro non Intet Slew. Neanche per sogno.

Lasnabourne la Fiamma marina: Lasnabourne è un'antica fenice che nidifica in cima a una delle isole vulcaniche della giungla a sudovest del continente ithnoniano. Non è ostile verso gli umani, anzi, spesso le piace mettersi a chiacchierare per avere notizie dal continente. Si nutre soprattutto di balene e squali catturati nel mare vicino. È interessante notare che, a differenza delle altre fenici, le sue fiamme non si estinguono a contatto con l'acqua, e la si può intravedere anche negli abissi, dove continua a bruciare luminosa mentre si scaglia sulla sua preda.

Hugh aggiunse Lasnabourne alla lista. Anche a Talia sarebbero potute interessare le fiamme subacquee di Lasnabourne.

Erano passate circa tre settimane dal Selezionamento, ed era da anni che Hugh non si sentiva così felice. Si sarebbe detto che Aedan fosse un mastro esigente, dato che in quel periodo Rhodes aveva smesso di tormentarlo. Era molto rasserenato dalla privacy della sua stanza segreta in biblioteca, soprattutto dopo aver notevolmente migliorato i suoi incantesimi difensivi. E, anche se Talia e Sabae non lo reputavano un amico, lo avevano comunque preso in simpatia.

Keayda il Mercante di verità: la biblioteca di questo antico lich naga è una delle più grandi al mondo, e a chiunque gli porti conoscenze, libri o pergamene che ancora non possiede è disposto a concedere risposte di valore equivalente. Keayda è noto per il suo particolare interesse per i testi storici. Chiunque cerchi di imbrogliarlo o derubarlo, però, si ritroverà con la pelle trasformata in pergamena, che lui userà come diario.

Uhm. Che tipo di affinità avrebbe potuto trasmettergli un lich naga? I naga, essendo esseri con il busto umano e lunghe code di serpente al posto delle gambe, forse presentavano anche affinità umane, per quanto quelle velenose fossero molto più comuni tra loro. E siccome era anche un lich, ossia una forma di non-morto senziente, magari avrebbe concesso a Hugh un'affinità ossea? Che trasformasse la pelle in pergamena poteva essere piuttosto preoccupante, ma Hugh non aveva di certo intenzione di derubarlo. Ci pensò su un momento, poi aggiunse Keayda alla lista.

Andas Thune: questo drago relativamente giovane si è già ritagliato un territorio piuttosto grande da quelli dei suoi vicini dragheschi più anziani e più grandi. Questo drago fulmineo è anche un illusionista provetto, e…

A Hugh brontolò lo stomaco. Era quasi ora di pranzo, così si alzò dalla scrivania e si infilò le scarpe. Prima di andarsene, aprì la finestra e guardò fuori. Anche se era solo l'inizio della primavera, fuori faceva caldissimo. A Skyhold, invece, c'era una temperatura costante tutto l'anno, non solo grazie a potenti incantesimi, ma soprattutto perché era costruita in larga parte sottoterra.

Hugh osservò una nave da sabbia che entrava nel porto di Skyhold. Uno stormo di piccoli draghi desertici, grandi quanto oche, si divertivano a volare tra gli alberi e le vele. Hugh vedeva da ogni lato persone affaccendate su balconi, passerelle e cortili. Sorrise e se ne andò.

CAPITOLO 20

IL RITORNO DI RHODES

CAMMINANDO FUORI dalla biblioteca e poi verso la mensa, Hugh continuò ad avere un sorriso stampato in faccia.

Poi sentì una voce che glielo spense come vento su una candela.

«Pastore!» lo chiamò Rhodes.

Hugh sobbalzò. Ecco quello che gli serviva. Ecco quello che meritava per non essere stato all'erta. Si girò piano e si ritrovò di fronte a Rhodes, al centro del corridoio.

L'altro aveva un sorriso smagliante. «Mi sei mancato, pastore! Il mio mastro mi ha tenuto così occupato che sono sicuro che ormai ti sei dimenticato qual è il tuo posto.»

Rhodes era in compagnia dei gemelli con i capelli e gli occhi azzurri che Sulassa Alzamarea aveva scelto durante il Selezionamento. Lanciarono entrambi occhiate divertite a Hugh, che si accigliò e guardò a terra, pronto a darsela a gambe.

«Non hai niente da dirmi, pastore? Che peccato. Speravo che mi parlassi un po' del tuo nuovo mastro. Sai, il bibliotecario.»

«Non sono un pastore» mormorò Hugh.

I gemelli scoppiarono a ridere, e Hugh strinse i pugni.

«Cosa ti sta insegnando? A mettere i libri sugli scaffali? No, non credo, perché prima dovrebbe insegnarti a leggere. Quanto doveva essere disperato per prendersi un pastore analfabeta come apprendista?» Rhodes rise, e i gemelli gli fecero eco.

«O magari ti sta insegnando un po' di magia cartacea? È un'affinità così inutile che quasi quasi ce la puoi fare anche tu.»

Hugh strinse i pugni ancora più forte. Anche se, a essere onesto, non sapeva quali fossero le affinità di Alustin, perché le poche volte in cui avevano provato a chiederglielo, lui era sempre riuscito a cambiare argomento senza che loro se ne accorgessero, se non dopo.

Hugh non aveva chance contro Rhodes, non ne aveva quando Rhodes conosceva solo gli incantesimi basilari, figuriamoci dopo gli insegnamenti del suo nuovo mastro. Probabilmente Rhodes aveva accesso a una magia molto più potente, mentre Hugh era migliorato solo con le protezioni. Se avesse avuto qualche secondo avrebbe potuto disegnarne una, ma così su due piedi...

«Non startene lì come una delle tue pecore, pastore. Parlaci della tua nuova affinità» disse Rhodes.

I gemelli si piazzarono ai lati di Hugh. Si rese conto che di lì a poco gliene avrebbero date di santa ragione. Si sentiva il cuore che gli martellava nelle orecchie.

«Non startene lì come un idiota, pastore» insistette Rhodes. Allungò la mano verso Hugh e poi tutto d'un tratto... si fermò. Sbiancò, poi si afferrò l'inguine con entrambe le mani e cadde a terra. Dietro di lui c'era Talia, che gli aveva appena tirato un calcio in mezzo alle gambe. Alle sue spalle c'era Sabae.

«Hugh non è un pastore» fece Talia.

Hugh restò con la bocca spalancata, sconvolto.

«Che stronza!» ringhiò Rhodes, alzandosi piano da terra, ancora dolorante. «Lo sai chi sono io?»

«Sei il moccioso viziato che sfotte il nostro amico» rispose Talia. «E sai chi sono io?»

Il gemello finalmente prese la parola.

«Tu sei quella stronza di una barbara che non riesce neanche a controllare la sua magia» rispose.

«E tu sei l'inutile maga della tempesta che neanche la sua famiglia vuole più» continuò la gemella.

Sabae quella volta non riuscì a nascondere un cipiglio. Fece come per dire qualcosa, ma Talia la anticipò.

«So chi sei, Charax» disse rivolgendosi a Rhodes. «E io sono Talia del clan Castis.»

Rhodes si fece paonazzo. Talia ridacchiò.

«Ricordo la storia che narra di quando l'Altavalle ne ha avuto abbastanza dei nostri assalti e ha mandato un esercito per scacciarci, circa un secolo fa. Cinquemila guerrieri e duecento maghi bellici, e noi li abbiamo catturati in una valle e li abbiamo inceneriti. Eravamo solo un centinaio, e non è sopravvissuto neanche un soldato dell'Altavalle. Noi non abbiamo perso neanche un guerriero.» Talia fece un sorriso ancora più largo. «E a condurli c'era l'erede al trono dell'Altavalle. Un tuo antenato, credo.»

Rhodes emise un urlo, dimenticando il dolore. Assunse una classica posa per invocare un incantesimo bellico, facendo crepitare attorno alle dita scintille di fulmini. Hugh sobbalzò, pronto a gettarsi a terra.

E poi Sabae gli diede un pugno così forte che lo scaraventò in aria. Nel colpirlo al petto, dal suo pugno chiuso si sprigionò una folata di vento che lo lanciò sul gemello. Entrambi scivolarono per sette metri sul pavimento di pietra levigata, e il fulmine di Rhodes si dissolse in innocue scintille. Il vento aveva fatto cadere anche Hugh e la gemella.

Talia corse verso Hugh e lo tirò su per la mano. Sabae si fissava sdoccata il pugno. Talia superò Sabae, tirandosi dietro Hugh, e urlò: «Non restare lì impalata dopo aver tirato la coda al drago, Sabae!». Quest'ultima, ancora sbigottita, girò i tacchi e seguì Hugh e Talia.

Hugh si guardò indietro e vide Rhodes che li fissava. Fino a quel momento lui era stato solo un divertimento per un nobiluomo, ma lo sguardo che l'altro aveva in quel momento esprimeva odio puro.

Corsero per i corridoi per diversi minuti prima di fermarsi a riposare. Gli allenamenti di Alustin stavano dando i loro frutti: Hugh dubitava che prima avrebbe potuto correre anche solo per la metà del tempo.

Dopo aver ripreso fiato, Talia scoppiò a ridere. «Che sguardi che avevano! E la tua faccia, Sabae! È stato incredibile.»

Hugh annuì. Il cuore gli batteva ancora forte, ma non solo per la corsa.

Sabae li guardò per un momento, poi rise. «Credo che alla fine il programma di allenamento di Alustin stia funzionando, no?»

«Pensavo che non potessi usare la magia a distanza!» esclamò Talia.

«Infatti! Ho solo accumulato vento attorno al pugno, poi l'ho lasciato andare con un colpo e quello... ha seguito la direzione del colpo. Prima sarebbe andato da tutte le parti» precisò Sabae. «Invece questa volta… ha seguito il colpo.»

Talia e Sabae continuarono a ridacchiare, poi la seconda si accigliò e si rivolse a Hugh, che aveva ancora la nausea per quello scontro.

«Non era la prima volta, vero?» gli chiese.

Hugh si guardò i piedi. Divenne paonazzo e gli si rigirò ancora lo stomaco. Avevano visto quanto fosse codardo, e ormai non avrebbero voluto avere più niente a che fare con lui.

«No» disse a bassa voce.

Scese il silenzio per un po', poi Talia disse: «Quel piccolo bastardo viziato. Perché non ce l'hai detto, Hugh? Ti avremmo coperto le spalle».

Hugh rimase un attimo zitto, poi finalmente trovò il coraggio di parlare, anche se ancora più a bassa voce di prima. «Non volevo che vedeste quanto sono codardo» rivelò.

Non voleva alzare la testa, ma all'improvvisò Sabae gli si avvicinò e gli afferrò le spalle.

«Rhodes Charax è il doppio rispetto a te, probabilmente si allena a combattere da quando ha imparato a camminare, ha diverse sintonie, nessuno dei tuoi svantaggi, è addestrato da Aedan Ammazzadraghi e aveva due amici che gli coprivano le spalle. Se ho capito che tipo è, probabilmente era accompagnato da amici anche le altre volte. Combatterlo da solo sarebbe stato da folli, non da coraggiosi.»

Hugh la fissò negli occhi per un momento. Sembrava serissima. Non riuscì a reggere il suo sguardo, e si voltò verso Talia, che aveva un'espressione furibonda.

«Semmai è Rhodes il codardo» fece lei. «Con tutti i vantaggi che ha, non ha avuto neanche il coraggio di affrontarti da solo.»

Sabae annuì e, notando il disagio di Hugh, lo lasciò andare. «Stavamo andando a pranzo quando ti abbiamo visto. Vieni con noi?»

Hugh si limitò ad annuire, non se la sentiva di parlare. Si avviarono in mensa, quella più grande che Hugh evitava da settimane. Camminando, Talia e Sabae chiacchierarono del colpo sferrato da Sabae. Talia voleva chiamarlo "montante maestrale", mentre Sabae "gancio d'aria".

Dopo un paio di minuti, Hugh trovò il coraggio di parlare: «Talia, dicevi… dicevi sul serio prima quando hai detto che siamo amici?».

Entrambe le ragazze si girarono a fissarlo.

«Certo che siamo amici, Hugh» fece Sabae. «Perché pensavi di no?»

Talia fece la solita espressione imbufalita. «Perché è un idiota, ecco perché! Quanto devi essere stupido per non capire se sei amico di qualcuno! Se io…»

Mentre Talia gli inveiva contro, Hugh abbozzò un sorriso. Non largo come quello di prima, ma parecchio di più.

Capitolo 21

Il pranzo

Talia, Sabae e Hugh avevano appena preso da mangiare, quando qualcuno chiamò Sabae per nome. Hugh si girò e vide che a salutarli era un ragazzone muscoloso con neri capelli ricci e la pelle più scura di quella di Sabae. Dopo un secondo si rese conto che era il figlio e l'apprendista di Artur Spaccamuro. Sabae ricambiò il saluto, poi si avvicinò al suo tavolo. Hugh si fermò, insicuro, ma seguì Talia, dopo che anche lei si era incamminata in quella direzione.

«Hugh, Talia, vi presento Godrick, il figlio di Artur Spaccamuro. Godrick, loro sono Hugh di Emblin e Talia del clan Castis.» Sabae si sedette vicino a Godrick, mentre Hugh e Talia dall'altra parte del tavolo.

«Attalentato di conoscervi» disse Godrick un po' troppo ad alta voce e con una parlata che Hugh non sapeva da dove provenisse, poi tese la mano a Talia dall'altra parte del tavolo. Hugh, non volendo essere scortese, seguì l'esempio, ma subito se ne pentì. Fu come stringere la zampa a un orso. Dopo il saluto aveva la mano tutta indolenzita. Anche se non pensava che Godrick l'avesse fatto di proposito: si capiva subito che non aveva un pizzico di cattiveria, anzi era molto allegro e gentile.

Per Hugh le persone così amichevoli erano stancanti.

«Sabae ha cianciato di voi due, ma non delle vostre affinità. Ha detto che per saperle dovevo dimandarlo direttamente a voi» disse Godrick. «Le mie rassembrano a quelle del mio pa': ho la pietra come lui, ma con l'acciaio anziché il ferro.»

«Che differenza c'è?» chiese Talia.

«I maghi del ferro possono spadroneggiare tutto il ferro e le leghe di ferro che vogliono, i maghi dell'acciaio ci riescono solo con l'acciaio» spiegò Godrick.

«Quindi una sintonia con l'acciaio è più debole di una con il ferro?» domandò Talia.

Godrick non sembrava essersi offeso. «Niente affatto, anzi, è molto più robustoso. È così che vanno le cose con le sintonie somiglievoli: più specifica è la sintonia, più è robustosa, anche se meno camaleontica. Magari spadroneggio poco il ferro normale, e per nulla quello del mio pa', ma lui non può neanche vicinarsi al mio acciaio col suo potere, pure se lui è un sapevole in materia. Non è cosa grossa, lo uso solo per colpire più sordo con il mio martello.»

Si chinò in avanti. «È da tenerci la bocca cucita, ma dato che siamo tutti amici qui, allora vi squacquero un altro fatto.»

Amici, sul serio? Hugh lo aveva appena conosciuto.

«Ti abbiamo appena conosciuto» disse Talia. A quanto pareva gli aveva letto nel pensiero.

Godrick fece un gesto della mano con aria di sufficienza. «Gli amici di Sabae sono amici miei. Di sovvallo, per imparare i vostri segreti, devo prima squacquerare i miei, giusto?»

Hugh non sapeva cosa rispondere, così si attenne alla sua solita strategia del non dire niente.

Godrick si chinò in avanti verso lui e Talia e abbassò la voce a un sussurro. «Anch'io posseggo una terza affinità. Un pochino debole, ma niente male.» Fece un largo sorriso. «Olfattiva.»

Hugh restò di stucco. Olfattiva? Com'era…

Talia fece un fischio. «Sei un mago puzzone? Ricordami di non tirarti mai un calcio nelle mutande.»

Hugh lanciò a Talia uno sguardo confuso.

Lei se ne accorse e gli spiegò: «I Castis evitano di combattere solo contro un paio di clan. Uno di loro è il clan Derem, composto soprattutto da maghi olfattivi. Vivono nei villaggi più profumati del pianeta, ma se combatti contro di loro… Be', un mago puzzone può far venire il vomito a un intero gruppo di incursori in una manciata di secondi, e farli puzzare così tanto che per settimane una puzzola rispetto a loro pare un mazzolino di fiori».

Godrick ridacchiò. «Dubbieggio di essere mai tanto potente, ma di sicuro posso cincischiare un paio di giornate a qualcuno. E potrei essere l'incubo di mostri col naso buono.» Il suo sorriso si fece ancora più largo. «E so fare questo.»

Hugh percepì una breve ondata di mana provenire da Godrick, e all'improvviso la sua zuppa quasi insipida emanò un profumo paradisiaco, facendogli ricordare quanta fame avesse. Si fiondò sulla zuppa. Il sapore non era buono quanto l'odore, ma era di gran lunga meglio degli altri giorni.

Dopotutto, Godrick era un tipo a posto.

«Ho anche un olfatto piuttosto robustoso, e non è male. Riesco a fiutare un pochino gli odori» disse Godrick, poi si rimise anche lui a mangiare la zuppa.

Talia, dopo averlo soppesato un attimo, gli spiegò in breve le sue affinità, i suoi tatuaggi e il suo addestramento. Quando citò il fuoco onirico, Godrick strabuzzò gli occhi.

«Che affinità intricata da spadroneggiare! Ho sentito dire che molti maghi onirici neanche spuntano a manifestare i sogni prima di diventare maghi completi.»

Talia sorrise. «Io ci sono riuscita.»

A quel punto fu Godrick a fischiare.

Hugh sentì un piccolo suono e si girò verso Sabae. Teneva le labbra arricciate come per fischiare, ma aveva fatto palesemente cilecca. Sabae vide che Hugh la guardava, così riassunse la sua solita faccia inespressiva, anche se era un po' arrossita.

«E tu che mi dici, Hugh?» chiese Godrick.

Hugh sobbalzò un po'.

«La situazione di Hugh è… un po' delicata» spiegò Sabae.

Godrick guardava incuriosito ora Hugh ora Sabae. «Non può squacquerarmelo da solo?» Non sembrava offeso, solo interessato.

«Buona fortuna, allora» fece Talia. «Noi siamo sue amiche e riusciamo a malapena a strappargli due parole di bocca. È il ragazzino più timido che abbia mai conosciuto.»

Hugh, che per sua sorpresa si sentì molto irritato da quell'affermazione, disse: «Due parole».

Lo fissarono tutti per un secondo, poi Godrick scoppiò a ridere. Aveva una risata possente come i suoi muscoli. Sabae subito gli fece eco, mentre Talia si limitò a fissare Hugh. Lui abbassò lo sguardo sul suo cibo e sorrise.

«Non imbrigarti se non vuoi cianciare, Hugh. Ti ho squacquerato la mia storia in regalo.»

Godrick gli rivolse un largo sorriso, e poi si mise a parlare con Sabae dell'addestramento a cui li sottoponeva suo padre.

Hugh rimase seduto in silenzio per un paio di minuti a mangiare la zuppa. Quando finalmente ci fu una pausa nella conversazione, prese la parola: «Non ho nessuna affinità».

Godrick rimase di stucco e, per la prima volta, sembrava che non sapesse cosa dire.

«Non ancora» precisò Hugh, e riportò lo sguardo sul cibo.

Godrick finalmente riuscì ad articolare qualche parola: «L'affermazione più equivocosa che ho mai sentito».

Quando fu chiaro che Hugh non aveva intenzione di aggiungere altro, Godrick sorrise. «Mi garbano i puzzle.»

Talia diede una gomitata al fianco di Hugh. Lui la guardò, sorpreso e un po' offeso.

«Guarda chi fa la fila» gli disse.

Hugh alzò la testa e vide Rhodes che li fissava. C'erano anche i gemelli, ma il loro sguardo non era niente in confronto a quello pieno d'odio di Rhodes.

Godrick lanciò un altro fischio. «Quant'è incollerito quello lì. Che gli avete combinato per farlo stizzire così?»

Sabae aveva rinunciato a cercare di imitare, per poi fallire, il fischio di Godrick. «Talia gli ha dato un calcio in mezzo alle gambe» gli spiegò.

Quasi allo stesso tempo, Talia disse: «Sabae gli dato un montante maestrale così potente che ha mandato all'aria sia lui che i suoi scagnozzi».

Sabae lanciò un'occhiataccia a Talia. «Gancio d'aria.»

«Montante maestrale.»

«Gancio d'aria...»

«Gancio maestrale» le interruppe Hugh.

Godrick fissò i tre come sconvolto, poi scoppiò a ridere così forte che nella mensa si girarono a guardarli diversi studenti. Rhodes si fece rosso come un pomodoro.

«I gemelli Winter mi sono inconosciuti, ma quel Rhodes è un tipo disdegnoso. Quando ho declinato l'invito di ingrupparmi alla sua squadra del labirinto non era per niente festivo. Non volevo ingrupparmi con gente che ti fa pressione.»

Hugh guardò confuso Godrick.

«La squadra delle matricole da ingruppare per l'esame di fine anno» spiegò Godrick, che aveva colto l'espressione spaesata di Hugh.

Lui fece spallucce.

«Per l'esame finale, al solstizio d'estate, le matricole si addentrano nel labirinto sotto Skyhold» chiarì Sabae. «Possono esplorare solo il primo livello, che è abbastanza sicuro. La maggior parte degli studenti riesce a tornare indietro. Ma, per sicurezza, bisogna scendere in quattro.»

Quelle parole non furono particolarmente di conforto per Hugh. Il labirinto era un covo di pericoli, lo sapevano tutti. Tralasciando i mostri e le trappole, il labirinto cambiava forma di continuo, ed era difficilissimo riuscire a tornare indietro.

Godrick aveva un'espressione pensierosa. «Sapete, siamo in quattro…»

Talia gli lanciò un'occhiataccia. «Volevi chiedercelo da quando siamo arrivati, giusto?»

«Colpevole» disse Godrick con un sorriso.

«A me sta bene» fece Sabae.

Talia lo osservò, poi sbuffò come suo solito. «Potresti cavartela in un combattimento, e addirittura portarci tutti in braccio se ci stanchiamo. Sta bene anche a me.»

Guardarono tutti Hugh, in attesa. A quell'attenzione, lui si curvò un po', ma poi sospirò. «Potrebbe andare, credo.»

Godrick lo prese per un grande complimento, e diede a Hugh una pacca sulla spalla, con un sorriso larghissimo. «Sapevo che avrei fatto breccia in voi. Dobbiamo chiederlo al mio pa' e al vostro mastro, ma dovrebbe confarsi.»

Hugh si strofinò la spalla, mesto. Era abbastanza sicuro che gli sarebbe venuto un livido.

Capitolo 22

Il primo incantesimo di Hugh

Da quel momento la routine di Hugh cambiò un bel po'. Godrick e il padre cominciarono a unirsi a molti dei loro allenamenti mattutini. Da vicino Artur Spaccamuro era anche più irruento di quanto Hugh si aspettasse, non solo fisicamente, anche di carattere. In confronto a lui, Godrick sembrava quasi tranquillo e riservato. Aveva barba e capelli lunghissimi, striati di ciocche bianche, e innumerevoli cicatrici sui muscoli gonfi. E, se possibile, era ancora più amichevole di Godrick.

Il resto delle giornate rimase abbastanza simile. I tre apprendisti di Alustin (ma non Godrick, che pranzava a un'ora diversa) parlavano molto più del solito. Sentendosi sempre più a suo agio con le altre due compagne, anche Hugh si permetteva di intervenire di tanto in tanto.

Nei tardi pomeriggi, mentre allenavano i poteri magici, Talia e Sabae mostrarono notevoli progressi.

Talia ormai era in grado di manifestare in maniera stabile il fuoco onirico, e perfino di scagliare con una discreta precisione fiamme grandi come un pugno contro un bersaglio. Il fuoco onirico non bruciava il suo bersaglio tutte le volte, il che era piuttosto fastidioso, ma riusciva sempre a danneggiarlo in un modo o nell'altro. Capitava che il bersaglio venisse congelato, altre che invecchiasse fino a ridursi in polvere e, in un'indimenticabile occasione, si era disintegrato in centinaia di cubetti perfettamente regolari da tredici millimetri. Eppure, tre volte su quattro, il fuoco onirico non aveva niente da invidiare a quello reale. Purtroppo, però, Alustin non aveva ancora trovato un modo per sfruttare l'affinità ossea di Talia.

Sabae, dal canto suo, era migliorata parecchio, soprattutto con la sintonia eolica. Ormai riusciva a sferrare ganci maestrali senza problemi. Cominciava anche ad abbozzare un'armatura eolica: attorno agli avambracci creava una specie di parabraccia di vento rotante che ricordavano deboli tornado. Non si spostavano più di tanto e, con le dimensioni ridotte delle sue riserve di mana, Sabae era in grado di produrli solo per una manciata di secondi, ma riuscivano comunque ad attutire la maggior parte dei colpi. Alustin la incitava a non usare ancora l'affinità acquea o fulminea, e Sabae ancora si rifiutava di usare l'affinità curativa.

La lista dei potenziali contraenti di Hugh si era allungata: Alustin infatti aveva approvato Chelys Mot, la tartaruga del terremoto, Lasnabourne, la fenice, e un albero senziente in grado di controllare le piante che si trovava nello stesso arcipelago di Lasnabourne.

Hugh, però, fatta eccezione per quelli protettivi e luminosi, non aveva lanciato un solo incantesimo. Aveva scoperto come mai quelli luminosi gli riuscissero: a differenza degli altri incantesimi basilari, quelli luminosi potevano essere creati usando una quantità di mana molto variabile, così la loro luminosità poteva essere modificata abbastanza agevolmente. Nonostante tutto il mana che Hugh incanalava suo malgrado in ogni incantesimo, la luce riusciva a riprodursi senza troppi problemi.

Quello che Hugh si limitava a fare era ampliare le sue nozioni sulla struttura degli incantesimi magici. Imparò a cosa servivano le forme di base, come si mettevano in relazione l'una con l'altra, e come la velocità e la forza dei flussi di mana venivano influenzate mentre attraversavano curve e intersezioni ad angoli diversi. Ma Alustin non gli aveva ancora insegnato a lanciare un singolo incantesimo.

Spesso, alla fine dell'allenamento magico, Hugh si sentiva estremamente frustrato, anche se il suo appetito non si placava mai. Mangiava con Talia e Sabae, e di frequente capitava che ci fosse anche Godrick. Si sentiva bene, e si univa sempre più spesso alla conversazione. Anche se, naturalmente, nessuno avrebbe osato definirlo un chiacchierone.

Rhodes non si era ancora vendicato, ma Hugh notò che erano pochi gli studenti che andavano a sedersi vicino a loro. Immaginò che Rhodes avesse condiviso con i suoi compagni la sua antipatia nei loro confronti.

A irritarlo sul serio, però, era il suo inesistente progresso magico.

Alla fine, nell'ufficio di Alustin, tre settimane dopo essersi scontrato con Rhodes e aver conosciuto Godrick, Hugh raggiunse il limite di sopportazione. Sabae era fuori ad allenarsi, mentre Talia si trovava in biblioteca a cercare dei libri, tra cui una rara biografia di un mago onirico dell'Impero di Ithnon.

«Perché non mi hai ancora insegnato nessun incantesimo?» chiese Hugh ad Alustin.

Quello aggrottò la fronte. «Pensavo che fosse quello che stavo facendo.»

«Non mi sembra!» esclamò Hugh. «Non conosco nessun'altro incantesimo oltre a quelli protettivi.»

Alustin ci pensò su, poi annuì. «Sì, ti ho insegnato diversi nuovi incantesimi, sei tu che non sei stato ad ascoltare.»

Hugh borbottò per un momento, ma Alustin lo interruppe.

«Cosa ti ho detto che ti avrei insegnato fin dall'inizio, Hugh?»

«A adattare gli incantesimi in modo che io possa utilizzarli e improvvisarne di miei» rispose lui.

«Esatto. Non credo di averti mai detto che ti avrei insegnato degli incantesimi. Lo scopo di imparare la struttura delle formule magiche è proprio quello di poterne creare di tuoi.» Alustin prese un foglio e una penna d'oca, e li porse a Hugh.

«Creerai un incantesimo di levitazione per sollevare questo libro.»

Hugh fissò prima Alustin, poi il libro davanti a sé. «E come dovrei riuscirci?»

«Disegna la base dell'incantesimo.»

Hugh fece una breve pausa, poi cominciò a disegnare una bozza. La base era la parte più importante di ogni formula magica, in quanto consentiva di incanalare il mana. Hugh optò per una linea di base ottagonale ad alta capacità.

«Ora disegna le linee definitive.» Quelle linee servivano a dare al mana la forma desiderata. In quel caso, le diagonali oblique disegnate avrebbero fatto in modo che l'incantesimo conferisse energia cinetica al suo bersaglio.

«Ora traccia le linee di mira.» Le brevi linee ramificate che si staccavano da quelle definitive indicavano all'incantesimo la direzione che l'energia cinetica doveva prendere.

Alustin si appoggiò alla sedia. «E adesso usalo.»

Hugh memorizzò il diagramma che aveva disegnato, poi si concentrò sul libro. Ricostruì l'ottagono con l'occhio della mente, poi le diagonali oblique e infine le linee di mira ramificate. La direzione dell'incantesimo dipendeva dalla volontà di chi lo lanciava: tutti, a quanto pareva, usavano un po' di volontà negli incantesimi, ma pochi potevano osare tanto come Hugh con le sue protezioni. Alla fine, fece fluire attento il mana nella formula magica.

Il libro schizzò a tutta velocità dalla scrivania, schiantandosi contro il soffitto. A quel forte botto, Hugh smise di incanalare il mana, e subito il libro ricadde sulla scrivania, facendo piegare alcune pagine nell'impatto.

Hugh si fece paonazzo. «Non funziona ancora come dovrebbe! È stata solo una perdita di tempo!»

Alustin prese il libro e lisciò le pagine spiegazzate. «Ma ha levitato, giusto?»

«Certo, ma non si è fermato quando doveva!» esclamò Hugh.

Alustin prese un altro foglio e disegnò in fretta una seconda formula magica: aveva le stesse linee definitive di quella di Hugh, e linee di mira simili, ma la linea di base era molto diversa.

«Questa è la formula magica di base dell'incantesimo di levitazione» spiegò Alustin. «È composta soltanto dalla linea di base, le linee definitive e quelle di mira. Che succede quando provi a usarla?»

Hugh lo guardò imbronciato. «Esplode, emana luce o fumo.»

«E che differenza c'è tra le due formule magiche?» Alustin le mise una accanto all'altra.

«La linea di base della formula magica standard può reggere poco mana, molto meno rispetto a quello che uso io di solito» rispose Hugh.

«Ecco spiegato perché tu la disintegri: incanali troppo mana per questa formula magica» spiegò Alustin. «La tua nuova formula magica, invece, non si è disintegrata, perché le hai conferito la potenza per sopportare il tuo mana.»

«E allora perché non ci sono riuscito?» domandò Hugh.

«Sì che ci sei riuscito. Ritenta.»

Hugh gli lanciò un'occhiata scettica, ma ricreò la formula magica. Il libro si schiantò ancora una volta contro il soffitto e, ancora una volta, al forte botto Hugh interruppe l'incantesimo.

«Ritenta, ma cerca di non perdere la concentrazione quando colpisce il soffitto.»

Hugh riprovò una terza volta. Ricreò con attenzione la formula magica in mente, fece un respiro profondo, e poi incanalò il mana. Il libro schizzò in aria, ma Hugh riuscì a non interrompere l'incantesimo. Dopo il lancio iniziale, il volume… be', rimase lì, incollato al soffitto.

«A differenza degli incantesimi di base, in questo caso non succede niente di casuale e caotico, perché non stai disintegrando la formula magica» disse Alustin. «Con l'incantesimo di levitazione di base si possono sollevare di un paio di metri solo piccoli oggetti, in quanto la linea di base incanala nella formula solo un pizzico di mana. La tua formula magica, invece, incanala abbastanza mana da sollevare questo libro di… circa venti o trenta metri, scommetto.»

Il libro, rimasto inchiodato fino ad allora al soffitto, si spostò di scatto in diagonale e poi andò a sbattere contro la porta dell'ufficio. Hugh, sorpreso, perse la concentrazione.

«Le tue linee di mira purtroppo non erano un granché: nell'incantesimo di levitazione di base le linee di mira danno stabilità orizzontale all'oggetto levitato, mentre le tue consentono di trasferire la forza verticale alla forza orizzontale. Probabilmente, se fossi riuscito a far schizzare il libro in alto fino in cima al tuo incantesimo, l'avresti lanciato anche di lato.»

Hugh fissò il libro per un momento.

«Se volessi ridurre l'altezza della levitazione del libro, ci sono un paio di modi in cui potresti farlo» proseguì Alustin. «Potresti applicare alla linea di mira una linea di restrizione, oppure aggiungere una linea limitante a quella di base, in modo che disperda un po' del mana prima che venga integrato nell'incantesimo. O, ancora, potresti aggiungere ulteriori linee definitive all'incantesimo. Per esempio, se combini delle linee di luce per far brillare il libro, una parte del mana verrà usata per quello, e il libro non schizzerà tanto in alto.»

Alustin fece una pausa e guardò Hugh dritto negli occhi.

«Imparerai tutto quello che c'è da sapere, e vedrai che riuscirai a creare incantesimi molto più versatili. Anche se avresti potuto creare formule magiche per conto tuo già da qualche settimana. Avresti dovuto arrivarci, Hugh. Non puoi aspettarti che i tuoi insegnanti, tanto più io, ti imbocchino col cucchiaino. Devi imparare a trovare le risposte anche da solo. Ma...» Alustin fece un largo sorriso. «Prima vorrei farti le mie congratulazioni per aver creato il tuo primo incantesimo. È un qualcosa che molti maghi neanche cercano di fare in tutta la loro vita.»

Hugh rimase di stucco, poi sorrise.

Proprio in quel momento, però, Talia entrò in ufficio e inciampò sul libro che Hugh aveva fatto levitare, e fece ruzzolare a terra la pila di volumi che aveva in mano.

«Chi è l'idiota ha lasciato un libro a terra proprio all'ingresso? Stavate cercando di farmi rompere l'osso del collo?» Dal suo tono, Talia avrebbe continuato a farneticare per un bel po'. Il sorriso di Hugh si smorzò un po', e subito si alzò per aiutare Talia a raccogliere i suoi libri.

Capitolo 23

Troppi incantesimi

Hugh passò i giorni successivi a far levitare tutto il tempo qualsiasi tipo di oggetto. Scoprì alcune cose abbastanza in fretta.

Prima di tutto, anche se i suoi amici erano contenti per lui, lo erano un po' meno quando vedevano le loro cose che venivano lanciate da una parte all'altra della stanza.

In secondo luogo, creare quella formula magica si rivelò un compito ben più difficile di quanto credesse. La prima volta in cui aveva modificato le linee di mira per evitare che l'oggetto fatto levitare venisse scaraventato di lato, l'incantesimo aveva provato ad accartocciarlo. Aveva cercato di usare le linee di mira dell'incantesimo di levitazione di base, ma non era così semplice: a quanto pareva, le linee di mira dovevano adattarsi di volta in volta alla linea di base. Così aveva dovuto capire come regolare le linee di mira nel modo giusto.

Quando ci provò una seconda volta, invece di accartocciarsi, l'oggetto fatto levitare girò veloce su se stesso. Per funzionare, le linee di mira dovevano essere spostate leggermente più in basso rispetto a quelle definitive, che a loro volta…

Ben presto Hugh cominciò a capire come mai fossero pochi i maghi a dedicarsi alla struttura delle formule magiche, e mise seriamente in dubbio il senso di farlo su due piedi.

Una sua ricerca gli fece scoprire che di solito un mago nella media riusciva a memorizzare una dozzina di incantesimi, o anche meno: ecco spiegato il motivo per cui quasi tutti i maghi si portavano dietro libri di incantesimi con le formule e le loro descrizioni. Per lanciare incantesimi che non avevano imparato, leggevano le formule magiche nel libro. Non era molto utile in battaglia, ma in fin dei conti erano pochi i maghi bellici.

Quindi, anche se in termini di versatilità sapersi costruire i propri incantesimi offriva numerosi vantaggi, il compito era a dir poco scoraggiante: molti creatori di formule magiche neanche ci provavano, oppure lo facevano nei laboratori, al sicuro in caso di problemi, dove le testavano e le preparavano con cura prima di metterle in vendita.

A quanto pareva, Alustin si aspettava da Hugh parecchio di più di quanto avesse mai potuto immaginare.

Hugh aveva dato un'occhiata anche all'incanto, che non era tanto diverso dai suoi studi del momento. L'unica differenza era che le rune e i glifi rappresentavano un tipo specializzato di formula magica, progettato per funzionare su un oggetto fisico piuttosto che tramite un mago: dovevano essere disegnati in modo ben diverso. Per non parlare della tolleranza di conduzione del mana dei materiali, che dovevano essere presi in considerazione nella loro fabbricazione e...

L'incanto lo affascinava molto, ma Hugh doveva prima riuscire a padroneggiare foss'anche solo una di quelle discipline assurdamente al di là delle sue capacità.

Eppure, i suoi esperimenti con gli incantesimi di levitazione servirono a mostrargli solo quanta strada dovesse ancora fare, così si dedicò ancora di più allo studio. Quello che lo preoccupava maggiormente era che stava imparando a creare formule magiche allo stadio degli incantesimi basilari, piuttosto che come un mago completamente sintonizzato: non sapeva se ci fossero differenze rilevanti fra un tipo di incantesimo e l'altro.

Alustin, a quella domanda, si mise a ridere. «Mi chiedevo proprio quando me l'avresti domandato! La risposta è no: quasi tutti gli incantesimi sintonizzati comportano un bel po' di mana non sintonizzato, così come gli incantesimi basilari non sono del tutto non sintonizzati. Il tuo incantesimo di levitazione di base usa il mana sintonizzato con la forza e la gravità, mentre quello per accendere il fuoco usa il mana sintonizzato con il fuoco.»

«Allora a che servono le sintonie?» chiese Hugh.

«La risposta più semplice è che senza le sintonie» spiegò Alustin «puoi usare solo un mana poco sintonizzato, non quello sintonizzato a fondo, necessario per gli incantesimi con sintonie profonde. Puoi usare il mana non sintonizzato per accendere lo stoppino per un falò, ma non puoi lanciare una palla di fuoco, per esempio.»

«Così imparare a creare formule magiche adesso…»

«Sarà molto più utile per quando stipulerai un contratto con un'entità magica e vi sarete sintonizzati, sì. A proposito, hai altri candidati da sottoporci?»

CAPITOLO 24

SFERA DI PIETRA

HUGH AGGIUNSE con attenzione con l'occhio della mente l'ultima linea di restrizione alla formula magica, e poi, con ancora più cautela, ci incanalò dentro il mana e… trattenne il fiato mentre la sfera di pietra, ricoperta di striature di gesso e grande come una testa, si librava a un metro da terra.

«Sì!» esclamò.

Talia alzò gli occhi al cielo. «Hai fatto levitare l'ennesimo sasso. Ormai te l'abbiamo visto fare un milione di volte.»

Hugh sorrise. «Colpiscilo con il fuoco onirico.»

Talia gli lanciò uno sguardo scettico. Si trovavano nella sala prove per gli studenti. Talia era in pausa per dare il tempo alle sue riserve di mana di riempirsi di nuovo, mentre Godrick e Sabae si allenavano dalla parte opposta.

«Perché dovrei?» gli chiese Talia.

«Fallo e basta» insistette Hugh con un sorrisino.

Talia, sempre irritata, si alzò. Senza fretta, scagliò una palla di fuoco onirico grande come un pugno contro la sfera.

La sfera si scansò verso l'alto, e la palla di fuoco ci passò sotto senza colpirla. Il fuoco onirico andò a sbattere contro le pareti di pietra, incantate per prevenzione, anche se riuscivano a bloccare solo gli incantesimi lanciati dagli studenti.

Talia strinse gli occhi, poi guardò Hugh.

«Quindi hai fatto un incantesimo che ti lascia controllare l'altezza della sfera? Avresti potuto esercitarti senza seccarmi.»

Hugh sorrise. «No. Riprova.»

Talia scagliò un'altra palla di fuoco, e la sfera si scansò a sinistra, evitando di essere colpita per un pelo. Talia fissò la sfera, poi lanciò un paio di palle di fuoco della dimensione di un pugno, una che puntava dritta sulla pietra e una al di sopra.

La sfera si scansò in basso.

Talia ringhiò, poi scatenò una vera e propria tempesta di proiettili.

La sfera schivò ogni colpo, senza mai spostarsi più di trenta centimetri dalla sua posizione iniziale.

A quel punto, Godrick e Sabae avevano interrotto l'allenamento per guardare la scena. Talia era in un bagno di sudore, il suo fuoco onirico sempre più debole. Alla fine si fermò e si girò verso Hugh.

«Che cosa le hai fatto? Salta come un uomo caduto in un fiume di neve sciolta.»

Hugh, con un sorriso ancora più largo, lanciò un sasso delle dimensioni di una ghianda che colpì la sfera, senza che questa cercasse di schivarlo. «L'ho intrisa con un incantesimo protettivo. Se la protezione rileva un mana onirico in avvicinamento, invia un impulso di mana direzionale. Poi ho aggiunto un incantesimo di levitazione impostato in modo che reagisca a questi impulsi, facendo schivare il fuoco onirico alla sfera, per poi riportarla al punto iniziale.»

Talia guardò prima Hugh poi la sfera. Le lanciò contro una freccia di fuoco onirico. Hugh si mise a osservare compiaciuto, convinto che non l'avrebbe mai presa.

La freccia di fuoco onirico puntava dritto sulla sfera, che subito si scansò. A quel punto, però, la freccia… si fermò. Rimase immobile in aria, nel punto in cui di solito si trovava la sfera. Quest'ultima, dopo aver completato il movimento verso l'esterno, tornò dritta al centro, proprio sul fuoco onirico.

Hugh rimase a bocca aperta mentre una parte della sfera germogliava come una pianta rampicante per poi appassire, con al centro un buco grande come un pugno. Talia sorrise, poi le scagliò contro altre frecce di fuoco onirico.

Fecero tutte centro. L'incantesimo protettivo di Hugh era stato distrutto dalla prima freccia, quindi aveva smesso di inviare impulsi direzionali. Con uno sguardo un po' imbarazzato, Hugh smise di incanalare il mana nell'incantesimo, e i pezzetti rimanenti della sfera caddero a terra.

«Bella trovata, Hugh» fece Talia, sorridendo.

Hugh sospirò, poi tornò ai compiti assegnati, ossia combinare diversi effetti basilari in un unico incantesimo. Aveva raggiunto un massimo di tre effetti per volta: era riuscito a far levitare un oggetto, a farlo brillare e a fargli emettere un suono nello stesso tempo. Tuttavia, non era ancora riuscito in nessun'altra combinazione.

Erano passate settimane da quando aveva lanciato il primo incantesimo di levitazione. Da allora aveva imparato tutti gli incantesimi basilari e anche ad apportare al volo numerose modifiche di base.

Il che, dato il potere limitato degli incantesimi basilari, lo lasciava comunque indietro di mesi rispetto alla maggior parte degli altri studenti. Se prima non avesse stipulato un contratto con un'entità adeguatamente potente, non sarebbe riuscito a mettersi in pari. Gli altri, infatti, ormai erano in procinto di sintonizzarsi.

Più la prova del labirinto si avvicinava più Hugh provava agitazione. A dire il vero, quella prova faceva agitare tutti, ma almeno gli altri membri in squadra potevano contare su una magia vera e propria.

Eppure, nonostante quell'ansia perenne, era da quando erano morti i suoi genitori che Hugh non si sentiva tanto felice.

Alla fine aveva spiegato a Godrick di essere uno stregone, e, con sua grande sorpresa, il ragazzo si era molto entusiasmato. Aveva cominciato ad aiutare Hugh a trovare possibili contraenti. Non gli aveva raccontato il suo passato, ma Godrick rispettava la sua privacy. Hugh non sapeva fino a che punto le altre si fossero aperte con lui.

Cominciò a passare sempre meno tempo nel suo rifugio, di cui non aveva ancora parlato a nessuno, e a stare di più con Talia, Sabae e Godrick. Si allenavano insieme per il labirinto tutti i giorni, e molte delle loro letture ormai vertevano sulla natura e sui racconti del labirinto, e sui pericoli più comuni che celava.

Rhodes era rimasto quieto per settimane, e anche quello era un bel cambiamento. Certo, ormai di rado Hugh rimaneva da solo e vulnerabile.

Capitolo 25

Rifugio scovato

Il rifugio di Hugh fu scoperto una sera di un Quarto Giorno, dopo cena. Dopo aver mangiato, aveva salutato gli altri ed era tornato in biblioteca, rifiutando l'invito di Godrick a passare la serata su uno dei balconi a guardare l'attracco delle imbarcazioni.

Hugh aveva percorso il suo solito tragitto arzigogolato, schivando origami a forma di golem e bibliotecari, ma – e se ne sarebbe presto pentito – non stava particolarmente all'erta. Si infilò dietro la libreria che nascondeva la porta di camera sua, su cui aveva sostituito i testi precedenti con noiose relazioni di diritto fiscale e vecchi accordi commerciali per sviare l'attenzione di chi passava di lì, e attraversò i suoi numerosi incantesimi protettivi.

Si sedette alla scrivania per dedicarsi ai suoi ultimi progetti, quando scattarono gli allarmi protettivi, facendo lampeggiare i cristalli sfolgoranti. Ci fu un forte tonfo con l'esplosione di alcune delle protezioni più attive, e qualcuno iniziò a imprecare.

Hugh capì di essere stato seguito e fu colto dal panico. Gli incantesimi protettivi sarebbero scattati solo se qualcuno avesse cercato di aprire la porta. Doveva essere Rhodes. Doveva aver aspettato il momento giusto, ossia quando Hugh fosse stato solo e distratto.

Hugh si arrampicò sulla finestra, prendendo in considerazione l'idea di sgattaiolare fuori. Stava ancora aprendo l'infisso, quando si ricordò che dava su una parete rocciosa a strapiombo. Si fece prendere dal panico e si guardò attorno come un forsennato per trovare una via di fuga, quando riconobbe le imprecazioni.

Hugh, con un sospiro e ancora tremante, andò ad aprire la porta. «Talia.»

Lei lo fulminò con lo sguardo. Si trovava sotto la libreria che nascondeva l'entrata, ribaltata dall'esplosione delle protezioni.

Sanguinava parecchio da un taglio sopra l'occhio, e ben presto le sarebbero comparsi numerosi lividi.

Hugh si abbassò per aiutarla, ma lei gli scacciò la mano.

«È così che ricevi un'amica?» fece.

«Non… non sapevo che saresti venuta» rispose Hugh.

«No, perché non ti sei mai fidato abbastanza di noi da dirci dove vivi» disse brusca Talia. Aveva il viso paonazzo per la rabbia.

Si alzò in piedi, con tutta l'aria di volerlo prendere a pugni. A Hugh si strinse un nodo nello stomaco. Certo che si fidava dei suoi amici, solo che non aveva mai avuto l'occasione di parlare del suo rifugio. Magari era un po' paranoico, ma non era a causa loro, sapeva che non avrebbero mai…

«Perché te ne stai lì come un cretino? Neanche ti scusi per avermi quasi ammazzata?»

Hugh provò a dire qualcosa, ma dalla bocca non gli uscì alcun suono. Talia ringhiò e lo spinse, facendolo ruzzolare gambe all'aria.

«Pensavo fossimo amici» disse.

Nel tempo che Hugh impiegò ad alzarsi, lei era sparita.

Gli ci vollero diverse ore per risollevare la libreria e risistemare i libri.

Una volta finito, Hugh provò a dedicarsi al suo nuovo progetto, ma non riusciva a concentrarsi. Così cercò di proseguire con il Bestiario, ma alla fine si arrese e andò a letto dopo aver passato ore a leggere e a rileggere il capitolo su *"Kraggoth Criniera di artigli"*, una specie di chimera impazzita imprigionata sotto la capitale del Dominio di Havath.

Quando andò a letto non si prese neanche la briga di togliersi i vestiti, e quella notte non riuscì quasi a chiudere occhio. Continuava ad avere incubi sul patto stretto con una specie di mostro indistinto che chiedeva che Hugh sacrificasse i suoi amici in cambio del suo potere.

Il Quinto Giorno fu anche peggio. Un paio di volte provò a uscire dal rifugio, ma dopo neanche quattro metri il cuore cominciava a battergli forte e gli veniva la nausea. Non andò neanche in mensa, ma tanto non aveva fame. Passò quasi l'intera giornata a letto, in un continuo dormiveglia. Uscì solo per andare in bagno a bere e, anche se lo usavano in pochi, fece molta attenzione a non incontrare nessuno.

Tutto quello che riuscì a fare quel giorno fu ricostruire gli incantesimi protettivi. Stavolta fece in modo che potessero riconoscere i suoi amici e farli passare.

Certo, sempre che Talia volesse ancora essere sua amica.

Finalmente aveva degli amici, e aveva rovinato tutto. Talia non avrebbe più voluto avere a che fare con lui, gli altri si sarebbero schierati con lei e…

Hugh in parte sapeva che le sue ansie erano completamente ingiustificate. Talia affrontava i suoi problemi a testa alta, non con intrighi e pettegolezzi. Probabilmente, per giustificare le sue ferite, avrebbe raccontato agli altri di aver litigato con qualcuno.

Eppure, per quanto fosse ridicolo, Hugh era pronto a credere al peggio.

Quella notte non fece nessun sogno.

La mattina del Sesto Giorno, Hugh era seduto a terra ai piedi della finestra, con le ginocchia sotto il mento, a fissare la porta. Aveva spento i cristalli e chiuso le tende, quindi la stanza era avvolta nel buio. Sapeva che l'indomani avrebbe dovuto alzarsi e andare all'allenamento, ma soffocava all'idea di dover lasciare la sua stanza. Continuava a ripensare alla conversazione con Talia, maledicendosi per essere sempre così maldestro con le altre persone. L'ora dell'inizio delle lezioni arrivò e poi passò, così come il pranzo.

Hugh, ancora seduto sotto la finestra, era appena entrato in un sonno leggero quando qualcuno bussò alla porta. Spalancò gli occhi e il cuore cominciò a battergli a tutta birra. Non si mosse di un millimetro. Per un attimo non accadde niente, e Hugh provò a convincersi di esserselo sognato.

«Lo so che ci sei, Hugh.»

Era Talia.

Hugh aprì la bocca per dire qualcosa, ma non uscì nulla.

«Hugh…»

Lui sentì un lieve tonfo sulla porta, come se qualcuno ci avesse sbattuto sopra la fronte.

«Sono sicura che ormai le tue protezioni siano di livello astronomico e che mi scaraventeranno dall'altra parte della biblioteca, ma sto entrando.»

Il cuore di Hugh batteva ancora più forte.

La porta si aprì. Sulla soglia c'era Talia, con un braccio sul viso per proteggersi da un'esplosione che non avvenne. Aveva una benda sulla fronte e diversi lividi sulle braccia. Abbassò piano il braccio, e Hugh subito chinò la testa per non dovere incrociare il suo sguardo.

Talia non si mosse subito, dando ai propri occhi il tempo di abituarsi alla luce fioca proveniente dalla biblioteca. Dopo un po' fece un paio di passi nella stanza.

«Stavolta nell'incantesimo ho costruito delle eccezioni per voi tre» sussurrò Hugh.

Sentì un sospiro di Talia, che accese i cristalli. Lui si rannicchiò ancora di più.

Talia chiuse la porta, poi gli si avvicinò piano. Rimase lì in silenzio per un minuto, poi si mise a sedere a terra di fronte a lui.

Restarono entrambi in silenzio per qualche minuto. Poi, finalmente, Talia parlò.

«Mi dispiace, Hugh.»

Lui non disse niente.

«Magari mi sono infastidita per il fatto che non ci hai detto dove vivi, ma avrei dovuto parlarti invece di seguirti. Ho invaso la tua privacy. Ho cercato di aprire la porta anche se so quanto sei riservato e bravo a lanciare incantesimi protettivi. Poi, invece di ammettere quanto sono stata idiota, me la sono presa con te.»

Per un po' non aggiunse altro.

«Mi sono calmata e un'ora dopo mi sono sentita una cretina, ma ero troppo in imbarazzo per tornare qui. Ero sicura che ce l'avessi con me, così ieri ho passato tutta la giornata ad allenarmi e a evitare gli altri. Stamattina mi sono trascinata all'allenamento, e quando ho visto che tu non c'eri... mi sono sentita uno schifo. Gli altri mi hanno chiesto se sapessi dov'eri, visto che non ti vedevano dal Quarto Giorno a cena.»

Talia fece un'altra pausa.

«Sono stata una codarda e ho detto loro che non ti sentivi tanto bene. Se la sono bevuta, tranne Alustin, forse, ma non ha detto niente.» Sospirò. «Non sono riuscita a concentrarmi tutto il giorno. Sono sgattaiolata via dopo l'allenamento per venire a parlarti, ma penso di essere rimasta lì fuori almeno un'ora prima di trovare il coraggio di bussare.»

Poi rimase seduta lì in silenzio per qualche minuto.

«Ti prego, Hugh, di' qualcosa.»

Hugh voleva dire qualcosa, ma non riusciva nemmeno a sollevare la testa da sopra le ginocchia.

«Forse... vuoi che me ne vada. Mi... mi dispiace, non sarei dovuta venire.» Talia si alzò per andare via. Quando si girò verso la porta, Hugh finalmente trovò il coraggio di alzare la testa e parlare.

«Aspetta.»

Talia si fermò e lentamente si voltò. Hugh la fissò per un momento, con le guance rigate di lacrime, poi tornò a guardare a terra.

«Non andartene.»

Talia lo fissò a sua volta, poi tornò piano indietro e si mise a sedere per terra accanto a lui. Lo strinse con un braccio, senza dire nulla, mentre lui piangeva.

Hugh e Talia restarono seduti in silenzio almeno un'ora prima che lui riuscisse finalmente a formulare un pensiero sensato.

«Credevo che non volessi più essere mia amica» disse con un filo di voce.

Talia lo fulminò con lo sguardo. «Non fare l'idiota, certo che...» Sorrise senza terminare la frase, anche se non c'era allegria sul suo volto. «Sono venuta qui per scusarmi, ed ecco che strillo di nuovo. Non sono tanto brava a chiedere scusa.»

Gli strinse forte le spalle. «Ero arrabbiata, e mi sono comportata come un mucchio gigante di escrementi di capra. Certo che voglio essere tua amica. Sempre che anche tu lo voglia...»

Hugh annuì con enfasi, e Talia sospirò sollevata. Nessuno dei due disse niente per un po'.

«Dentro di me c'è qualcosa che non va, Talia» ammise Hugh. «Non… non riesco ad affrontare Rhodes quando mi tratta male. Vivo nell'ansia costante che voi tre non vogliate più essere miei amici. Abbiamo litigato una volta, e sono rimasto qui dentro senza fare niente per due giorni.»

Talia fece come per dire qualcosa, ma poi si fermò. «Hugh, non sei obbligato a rispondere se non vuoi, ma… quando quel giorno in biblioteca ci hai raccontato la tua storia, hai omesso la parte su Rhodes. C'è… c'è altro che non ci hai detto?»

Hugh non si mosse, né parlò, e poi annuì.

Talia aggrottò la fronte, preoccupata. «Hugh, i tuoi zii… nessuno… ti ha mai… fatto qualcosa, cioè…» Sembrava molto a disagio.

«Niente di troppo grave» rispose Hugh. «Nessuno mi ha mai… fatto del male in quel senso.» Fece un respiro profondo e tremolante. «Ma ho vissuto molto di peggio rispetto a quello che vi ho raccontato quel giorno, sì. E… non ho mai avuto degli amici. Sono sempre stato timido e impacciato, anche prima…»

«Ti va di parlarne?» propose Talia.

Hugh scosse la testa. «No… non adesso.»

Hugh si sentì sollevato che Talia fingesse di non accorgersi che stava piangendo di nuovo, ma le fu grato quando lo strinse forte in un abbraccio.

Dopo essersi ripreso e asciugato il viso con la manica, Hugh si mise un po' più dritto. Rivolse un piccolo sorriso a Talia. «Vuoi che ti faccia vedere la mia camera?»

Talia sorrise. «Certo.»

Hugh si alzò. «Questo qui è il mio letto. Quella è la scrivania e lì» disse, tirando le tende «c'è la mia finestra.»

La spalancò. Talia rimase senza fiato. Il sole tramontava all'orizzonte, e sulle dune dell'Erg Infinito rosseggiavano i colori accesi del crepuscolo. Un'imbarcazione da sabbia stava attraccando al porto di Skyhold poco lontano dall'Erg Infinito, mentre uno stormo di piccoli draghi piroettava tra le sue vele.

«Hugh... è... è...» Talia gli diede un pugno sulla spalla.

«Ahi! Cos'ho fatto adesso?» fece Hugh.

«Sono invidiosa di questo panorama mozzafiato! Dubito che Rhodes abbia una stanza con una finestra, figuriamoci con una vista del genere. Come hai trovato questo posto?»

Hugh le raccontò del primo incontro con Alustin e di come aveva trovato la stanza, del Selezionamento e di quando Alustin aveva fatto entrare il letto lì dentro grazie a qualche incantesimo.

Poi le mostrò il suo nuovo progetto. Nel vederlo, Talia fece un sorriso malvagio. «Questo sì che ci tornerà utile nella prova del labirinto.» Hugh iniziò a rivelarle i dettagli, ma fu interrotto dal brontolio del proprio stomaco.

«Quand'è l'ultima volta che hai mangiato, Hugh?»

Lui, che si vergognava ad ammettere che non mangiava da quando avevano litigato, puntò lo sguardo a terra.

«La mensa dovrebbe ancora essere aperta, se vuoi venire con me» gli propose Talia. «È dall'ora di pranzo che non mangio niente, e sto morendo di fame.»

Hugh annuì.

Talia ridacchiò e si voltò verso la porta. Ma prima di uscire si fermò. «Dovresti cambiarti prima di andare. Non prenderla male, ma puzzi un casino. Ti aspetto fuori.»

Si richiuse la porta alle spalle.

Hugh si annusò la camicia e sussultò.

Capitolo 26

Il compleanno

Talia, per la gioia di Hugh, non disse a nessuno di aver trovato il suo rifugio e gli altri continuarono a pensare che lui fosse stato poco bene.

Tuttavia, Hugh li invitò in camera sua per farla vedere anche a loro. Ben presto divenne uno dei ritrovi preferiti del gruppo. Portarono di nascosto diverse poltrone e un tavolino in modo che potessero sedersi tutti, e spesso Hugh doveva scacciarli dalla scrivania per riuscire a fare i compiti.

All'inizio aveva temuto che sarebbe stato stressante avere meno privacy, ma in realtà gli piaceva molto. Lì riusciva a rilassarsi come in nessun altro luogo.

Però dovette modificare gli incantesimi protettivi per attutire il rumore proveniente dall'interno. Del resto, Godrick e Talia non erano molto discreti.

Mancavano con esattezza due settimane al solstizio d'estate, quando Hugh fu svegliato dai suoi amici che saltavano sul suo letto. Per fortuna, Godrick ebbe il buon senso di non saltargli addosso, anche se Talia e Sabae non erano certo delle piume.

«Buon compleanno!» gridarono tutti e tre insieme.

«Mmh» fu il massimo che riuscì a farfugliare Hugh. Alla fine li scacciò, perlomeno il tempo di cambiarsi, ma si rifiondarono dentro non appena lui ebbe finito.

«I regali!» esclamò Talia, lanciando a Hugh un pacchetto di stoffa. Gli rimbalzò sul petto prima che lui lo prendesse. Qualunque cosa fosse, era di un pesante metallo, per quanto piccola. Hugh si strofinò il punto dolente sul petto, poi lo aprì. Dentro al pacchetto c'era un pugnale con una guaina di pelle. A colpirlo sul petto era stata l'impugnatura, decorata con motivi che sembravano fiamme.

«Gli hai sul serio slanciato un coltello?» chiese Godrick con un sorriso. Talia gli diede un calcio nello stinco.

«È un pugnale del clan Castis» precisò Talia. «Non è incantato o magico, ma è ben fatto e solido. E lo diamo soltanto agli amici del clan, quindi fai attenzione!»

«Senz'altro» rispose Hugh con un sorriso.

Talia lo colpì forte nello stomaco.

«Sono seria, stacci attento. Se lo mostri a chiunque del clan Castis, loro saranno obbligati ad aiutarti. Anche se dopo devi aspettarti un interrogatorio riguardo a dove l'hai preso.»

Hugh osservò il pugnale, poi si chinò un po'. «Ci starò attento, Talia. Non merito un regalo tanto bello.» Lei annuì, in apparenza un po' imbarazzata.

«Tocca a me» fece Sabae, dando una gomitata agli altri due per farsi largo. Tese il suo regalo a Hugh. Era un pacchetto di carta grande come un cuscino. Hugh cominciò a strappare l'involucro, poi sorrise e prese il coltello di Talia per finire di aprirlo.

Dentro c'erano due libri. Uno era grosso e rilegato in pelle. A differenza del Bestiario di Galvachren era comunque di dimensioni accettabili. Da entrambi i bordi della rilegatura partiva una cinghia di cuoio regolabile, infatti il libro era pensato per essere portato in spalla. C'era anche un laccio per tenerlo chiuso, e quando Hugh lo aprì scoprì che dentro le pagine erano bianche. Legati all'interno della copertina c'erano diverse penne d'oca e un paio di carboncini da disegno. Invece, in una tasca cucita sulla tracolla, Hugh trovò un piccolo calamaio.

«La mia famiglia mi ha mandato questo libro degli incantesimi, ma siccome io sto imparando quelli informi, non mi è tanto utile» spiegò Sabae. «È molto più grande di quelli normali, così ho pensato che ti sarebbe stato comodo per prendere appunti e progettare incantesimi.»

Hugh sfogliò le pagine con un gran sorriso. Un normale libro degli incantesimi era così piccolo da entrargli nella tasca dei pantaloni, e su ogni pagina potevano starci al massimo due formule magiche con pochi dettagli. Era pensato per essere usato in fretta. Quello, invece, sarebbe stato perfetto per stendere ogni minuzioso dettaglio degli incantesimi.

Prese il secondo libro. Quel volume, rilegato in pelle di lucertola, era così piccolo da stargli in tasca, ed era delle dimensioni di un normale libro di incantesimi. Lo aprì, aspettandosi di trovarlo vuoto, e invece era pieno zeppo di scritte intricate e diagrammi. Sfogliandolo, si rese conto che il libro conteneva appunti sulla struttura di incantesimi protettivi su vasta scala, in grado di proteggere una fortezza o addirittura un'intera città.

Alzò lo sguardo, scioccato. «È davvero…»

Sabae sorrideva. «Era il quaderno della mia bisnonna. Era specializzata in incantesimi protettivi, e scatenava tempeste potenti che proteggevano una nave in mare o addirittura un'intera città da un uragano.»

«Non posso accettarlo» disse Hugh. «Queste cose non hanno prezzo.»

«La mia famiglia ne ha già fatto delle copie, e sono stati felici di spedirmelo quando gliel'ho chiesto. Mi hanno anche detto che se mai dovessi riuscire a creare protezioni del genere, con loro avresti un lavoro assicurato.»

Hugh deglutì, non sapeva cosa dire. Sabae sorrise e lo abbracciò.

Quando si tirò indietro, Talia le diede una gomitata. «Naturalmente dovevi fargli un regalo migliore del mio. Ora posso solo sperare che Godrick ti surclassi.»

Godrick diede il suo regalo a Hugh con aria imbarazzata. «Il mio non l'ho neanche avvolticchiato.»

Il regalo di Godrick era una sfera di vetro cava. Il vetro era chiaro e inciso con complesse formule magiche.

«Ho imbonito uno degli istruttori di incantesimi ad aitarmi a costruirlo incontro un mio favore. È riuscito solo grazie alla mia sintonia olfattiva.»

«A cosa serve?» domandò Sabae. Hugh aveva cercato di capire le formule magiche incise sul vetro, ma erano terribilmente complesse e molto diverse da quelle a cui era abituato lui.

«Mangia gli odori» rispose Godrick. «Strofinalo dabbasso le ascelle e… mangerà l'odore, ti farà odorare meglio.»

Hugh un po' arrossì, ma sorrise. Era vero che tendeva a puzzare a volte, quindi gli sarebbe tornato di certo utile.

Talia abbracciò Godrick. «Il miglior regalo che ha ricevuto oggi Hugh, almeno per me.»

Hugh sorrise facendo un gestaccio a Talia, ma abbracciò Godrick a sua volta.

Poi si rese conto di una cosa. «Aspettate, ma come facevate a sapere che oggi è il mio compleanno? Non credo di avervelo mai detto.»

«Ce l'ha detto Alustin» rispose Sabae.

Ovvio.

«Quindi volevamo portarti a colazione e poi passare la giornata a guardare le imbarcazioni da sabbia al porto, se ti va» propose Sabae.

A Hugh parve un piano niente male. Non era più sceso al porto da quando era arrivato a Skyhold. Ma…

«È una bella idea, ma io ne ho una migliore.»

CAPITOLO 27

SGATTAIOLARE DI SOTTO

«SICURO CHE SIA una buona trovata?» chiese ancora Godrick. Nonostante la sua stazza, era il più nervoso dei quattro.

«No, ma ci sarà da divertirsi!» fece Talia.

Hugh alzò gli occhi al cielo. «Andrà tutto bene, Godrick.»

Hugh, esplorando gli scaffali, aveva scoperto una cosa molto interessante, ossia una porta che conduceva ai piani inferiori della biblioteca. Al di sotto di quelli a cui Alustin aveva dato loro il permesso di accedere. Piani vietati agli studenti. Anche se non era la porta l'aspetto interessante: ce n'erano diverse tra gli scaffali che conducevano di sotto. La cosa che rendeva interessante quella porta in particolare era che era stata dimenticata dai bibliotecari, e le sue protezioni non erano più potenti come una volta.

Probabilmente, a contribuire al suo abbandono, c'era il fatto che la porta si trovasse molto più in basso e al buio delle altre, sul retro di un ripostiglio pieno di libri fino al soffitto e con un'entrata in parte nascosta dietro uno scaffale. Per arrivarci, avevano dovuto scavalcare casse zeppe di vecchi testi. Hugh si era molto sorpreso nello scovarla, anche dopo tutte le ore passate a esplorare gli scaffali. Si era semplicemente fidato del suo istinto.

A furia di allenarsi con gli incantesimi protettivi, alla fine aveva imparato anche un po' a spezzarli. A ripensarci, probabilmente Rhodes aveva disintegrato la formula di protezione della sua vecchia camera con un semplice coltello affilato e un incantesimo di scioglimento. Spezzare le protezioni non era così difficile come gli insegnanti avevano lasciato intendere all'inizio.

O almeno per quanto riguardava quelle basilari. Quella protezione, però, era tutta un'altra storia. Se non fosse rimasta trascurata per decenni, Hugh non sarebbe mai riuscito a spezzarla. Era molto più complessa di quelle che riusciva a creare lui. Invece di essere scritta con il gesso, era incisa su una striscia di ottone sul pavimento di fronte alla porta. E invece di un'unica protezione, era composta da diversi strati, fra cui uno scudo fisico permanente.

Hugh fece un disegno meticoloso della struttura della protezione sulle prime pagine del suo nuovo libro di incantesimi, mentre gli altri lo osservavano. Si disse che, per essere il primo, quello era un disegno piuttosto appropriato da copiare sul quaderno nuovo.

Gli altri erano stati molto pazienti, seduti in silenzio sulle pile di libri che riempivano il magazzino. Be', che Sabae fosse paziente non era una novità, ma di sicuro che lo fosse anche Talia lasciò tutti di stucco.

Hugh sorrise. All'inizio la protezione gli era parsa così complessa da fargli salire la nausea, ma alla fin fine funzionava come tutte quelle che sapeva disegnare anche lui: una serie di formule magiche unite in un'unica sequenza, che indicava quando la protezione doveva attivarsi e quali effetti avrebbe generato. Se Hugh avesse cercato di romperla, quella si sarebbe attivata.

D'altra parte, con un po' di concentrazione, Hugh sarebbe di sicuro riuscito a modificarne le condizioni di attivazione.

Hugh diede un'ultima attenta occhiata ai diagrammi sul suo quaderno nuovo ed estrasse un gessetto dalla tasca. A quel punto, si mise a maneggiare la protezione.

«Sei sicuro che devi disegnare direttamente sull'ottone, Hugh?» domandò Talia. «Non mi sembra una buona idea, le protezioni di solito sono disegnate in linea retta o in cerchio.»

Be', almeno era riuscita a rimanere paziente per un po'.

«Le protezioni possono avere qualsiasi forma, basta che siano continue» spiegò Hugh. «Disegnarle in linea retta o in cerchio è perlopiù una convenzione, anche se, sì, sono due forme piuttosto appropriate per le protezioni.»

«Perlopiù?» chiese nervoso Godrick.

«Capita che la forma abbia più importanza a volte, ma non è questo il caso» aggiunse Hugh. Talia stava per dire qualcosa, ma Sabae la zittì. Talia le fece la linguaccia.

Hugh scosse la testa e tornò a disegnare altre formule magiche sulla protezione. Erano una semplice deviazione, in grado di canalizzare altrove il flusso di mana che impediva a Hugh e ai suoi amici di passare. Le protezioni sarebbero state ancora attive, soltanto che non sarebbero state più focalizzate sul passaggio degli studenti. Naturalmente, se quelle protezioni non si fossero trovate in stato di abbandono, Hugh non sarebbe mai riuscito a fare una cosa del genere.

Con molta, molta attenzione, collegò un'ultima linea e... il gesso cominciò a brillare, attraversato dal mana. Si affievolì quasi all'istante, ma Hugh sentiva il mana fluire correttamente al suo interno.

«Possiamo andare! State attenti a non calpestare il gesso, altrimenti si interrompe la deviazione» spiegò.

«Stiamo al sicuro?» chiese Godrick.

«Probabilmente» rispose Hugh.

«Probabilmente?» ripeté Godrick.

«Probabilmente» confermò Hugh, e aprì la porta.

CAPITOLO 28

LA SEZIONE PROIBITA

DALL'ALTRA PARTE C'ERA… un altro magazzino, pieno di rilegature. Hugh non avrebbe dovuto sorprendersi: per essere così trascurata, entrambi i lati della porta dovevano essere abbastanza fuori mano per essere stati ignorati. Tuttavia, man mano che si addentrava nella stanza, Hugh sentiva il cuore battergli sempre più forte.

Talia gli stava così vicina che quasi lo spinse dentro. Dietro di loro c'era Sabae, mentre Godrick esitava alla fine della fila. Hugh passò tra le pile di rilegature fino all'altra porta del magazzino. La aprì cauto e poi sussultò per la sorpresa.

Credeva che la sezione proibita della biblioteca assomigliasse a quella al piano di sopra. Ma si era sbagliato di grosso.

In vita sua, Hugh non era mai stato in una stanza tanto grande. Assomigliava a un cubo e misurava almeno sette chilometri per lato, tanto da sembrare molto più grande della stessa montagna in cui era stata costruita Skyhold. Le pareti erano interamente ricoperte di libri, con una balconata tutt'intorno su ogni piano. La balconata su cui si trovavano loro era quella più in cima. Se quelli erano tutti i libri nella stanza, erano comunque più di quanti Hugh avesse mai immaginato potessero esistere al mondo.

Ma non erano neanche lontanamente tutti i libri nella stanza.

Immense librerie di pietra, alte centinaia di metri, fluttuavano in file ordinate al centro. Intorno a loro galleggiavano isole vaganti con le proprie librerie, sale lettura e, in un caso, una fitta foresta sulla cima. Hugh vide un paio di cubi con librerie su tutti i lati, compreso il fondo. C'erano dei percorsi che portavano al centro della stanza, passatoi qua e là, ma non riusciva a capire come raggiungere la maggior parte delle strutture fluttuanti.

Si vedevano migliaia e migliaia di golem di carta affaccendati in ogni angolo della biblioteca. Pareva che i libri decidessero di volare di testa propria, alcuni si limitavano a librarsi in aria, ma altri sbattevano le copertine e le pagine come ali.

L'intera stanza era illuminata da una profusione di cristalli sfolgoranti, fasci di luce fluttuanti e perfino un piccolo sole che orbitava attorno all'isola galleggiante alberata, ma la stanza era così grande che l'impressione generale era quella di essere immersi nel buio.

Hugh si avvicinò in silenzio al bordo della balconata. Quando guardò giù, si accorse di non riuscire neanche a vedere il fondo, tranne che per un bagliore soprannaturale tra il bianco e l'azzurrino che proveniva da molto lontano. Gli altri lo raggiunsero, sempre in silenzio.

«Com'è... com'è possibile?» fece Sabae. «Questa stanza è più grande della stessa Skyhold, è più grande della montagna in cui Skyhold è costruita. Non possono esserci tutti questi libri al mondo.»

Nessuno le rispose. Rimasero tutti lì in silenzio per quella che parve un'eternità. Hugh aveva notato diversi bibliotecari, ma quello più vicino doveva essere ad almeno un chilometro di distanza.

«Più perfetto del porto» si decise a sussurrare Godrick.

Talia diede una gomitata a Hugh.

«Cos'ho fatto adesso?» chiese lui. «Certo che essere tuoi amici consiste per una buona percentuale nel collezionare nuovi lividi.»

«Guarda, un nodo d'accesso!» esclamò Talia, che sembrava non aver sentito Hugh, o forse aveva deciso di ignorarlo.

Il quartetto ci si avvicinò. Il volume vuoto era molto più grande di quelli nella biblioteca al piano superiore.

«Cosa dovremmo cercare?» chiese Sabae.

Per un momento nessuno parlò, poi Talia si avvicinò al libro. Prese la penna d'oca che c'era accanto e scrisse semplicemente: "Fuoco onirico".

All'inizio non successe niente, poi sul foglio comparve una frase scritta con lettere ordinate in grassetto.

Cosa vuoi sapere sul fuoco onirico?

Hugh fissò in silenzio prima il libro, poi Talia. Anche lei si voltò per guardarlo. Si girò piano a guardare gli altri, e anche loro la fissavano. Si voltò verso il libro e ricominciò a scrivere.

Potresti indicarmi delle tecniche di manifestazione avanzata di fuoco onirico?

Che tipo di tecniche?

Tecniche di combattimento.

Per un momento non successe niente, poi le parole svanirono, la pagina si strappò dal libro e si alzò in volo. Fece un paio di piroette e poi iniziò a piegarsi. Nel giro di qualche secondo, un colibrì di carta svolazzò di fronte a loro.

Talia allungò lentamente la mano per toccarlo, ma quello schizzò via, fermandosi sei metri più in là. Lei si voltò a guardare gli altri, e poi si incamminarono tutti assieme. Ogni volta che si avvicinavano al colibrì, quello sfrecciava di nuovo un po' più lontano. Dopo quasi un chilometro, il colibrì schizzò verso uno scaffale e si librò davanti a un volume con una copertina di stoffa verde sfilacciata.

Talia tese la mano verso il libro. Non appena lo sfiorò, il colibrì sfrecciò verso il nodo d'accesso più vicino, dove si dispiegò e si reinserì nel libro.

Talia tirò fuori il libro dallo scaffale. Sembrava che solo a guardarlo si sarebbe potuto sbriciolare, ma era molto più compatto che all'apparenza. Le pagine erano zeppe di parole manoscritte difficili da leggere. Talia lo stava sfogliando, quando il quartetto notò qualcosa. Le lettere avevano cominciato a brillare della luce tra il viola e il verde tipica del fuoco onirico.

«Pensucchio che sarebbe meglio acchiudere quel libro» disse Godrick. Le lettere ormai erano lambite da piccole lingue di fuoco onirico.

Talia lo richiuse con un tonfo. Hugh notò che diversi fili della copertina erano incandescenti, con forme che, sospettosamente, ricordavano quelle delle formule magiche.

Nessuno parlò.

«Quanti di questi libri pensate che facciano cose del genere?» chiese Sabae.

«A profusione, direi» commentò Godrick. Trascinò i piedi, nervoso. «Ho avveduto perché è divietato agli studenti.»

A Hugh venne in mente un'idea, e si avvicinò al nodo d'accesso più vicino. Prese la penna d'oca e, dopo aver immerso la punta nell'inchiostro, cominciò a scrivere.

Quanti libri ci sono qui dentro?

L'Indice impiegò un po' prima di rispondere.

È ignoto.

Allora come si fa a tenere traccia di tutti i libri?

Traccio solo i libri che sono stati indicizzati.

Quanti libri sono stati indicizzati?

Dodici milioni e quattrocentomilasettecentosessantadue.

Mentre Hugh e gli altri leggevano, il sessantadue divenne un sessantatré, poi un sessantaquattro.

Da dove provengono i libri?

L'Indice fece un'altra pausa.

Informazione riservata. Motivo della richiesta?

Hugh sbarrò gli occhi, poi scrisse in fretta.

Per curiosità, non è importante.

Il libro non gli rispose.

Hugh si sporse all'indietro per guardare gli altri.

«Be', almeno sappiamo che una parte proviene da Alustin e dagli altri bibliotecari erranti» disse Sabae.

«Posso tentare?» chiese Godrick.

Hugh gli passò la penna d'oca.

Libri sull'uso delle sintonie olfattive in battaglia. Di preferenza libri senza trabocchelli e sicuri da adoprare.

Quanto è importante la suddetta preferenza?

Di fondamentale importanza.

La pagina si strappò dal libro, si piegò in una libellula e volò veloce a una quindicina di metri di distanza.

«Penso che dovremmo dividerci e incontrarci qui tra un'ora» propose Hugh. «Qua dentro ci sono più libri di quanti possiamo leggere in una vita intera.»

Annuirono tutti, impazienti di andare in perlustrazione. Godrick si diede all'inseguimento della libellula.

Talia si affrettò verso il libro e riscrisse la domanda sul fuoco onirico, ma quella volta si accertò di includere la parte sulle trappole.

Poi si incamminò nella stessa direzione di Godrick, all'inseguimento di un piccolo drago di carta.

Poi fu Sabae a farsi avanti.

Ci sono testi scritti da membri della famiglia Kaen Das?

Sì. Quattordici diari, tre manuali d'allenamento, una corposa collezione di corrispondenza privata e un volume sconosciuto che può essere aperto solo dai discendenti di sangue della famiglia Kaen Das.

Sabae lanciò uno sguardo sconvolto a Hugh, poi riscrisse sul libro.

Portami al volume sconosciuto, per favore.

La pagina si strappò dal libro e si piegò in un pesce di carta, che subito nuotò nella direzione opposta a quella in cui si erano diretti Godrick e Talia. Sabae si girò e lo seguì.

Hugh rimase a fissare il nodo d'accesso. Cosa avrebbe potuto chiedergli? Già con il Bestiario di Galvachren era oberato di potenziali contraenti, quindi di sicuro non altre possibili opzioni… Mmh.

Indicazioni per stipulare un contratto da stregone.

Alustin gli stava insegnando anche la stregoneria, ma fino a quel momento si era rifiutato di rivelargli le formule magiche per stipulare un contratto.

La pagina si strappò dal libro e si piegò in una piccola palla, con tanto di canestro che gli penzolava sotto. Hugh la seguì per un po', fino a quando non girò di scatto a sinistra. In aria oltre il bordo della balconata.

A quel punto, dalle profondità della stanza volarono delle pietre che formarono uno stretto passatoio. Le pietre fluttuavano in maniera indipendente, a poca distanza l'una dall'altra. Hugh deglutì. Si inginocchiò, tendendo una mano per toccare la prima. Era stabile, come se si trovasse sul serio a terra.

Ci fece passare una mano sopra e sotto, ma non c'era niente a tenerla su.

Hugh si alzò e portò il piede sulla prima pietra, mettendoci gradualmente sempre più peso, ma quella non si mosse di un millimetro.

Ritrasse il piede, si girò e tornò indietro verso il nodo d'accesso più vicino.

Se dovessi strappare le pagine bianche, potrei scriverci sopra in un secondo tempo e ottenere le indicazioni che cerco?

Sì, ma sarebbe necessario solo se ti dirigi verso una sezione della biblioteca con pochi nodi d'accesso.

Hugh lanciò un'occhiata al sentiero fluttuante.

Strappò quattro pagine e le infilò nel retro del suo nuovo libro di incantesimi, poi lo richiuse, se lo mise in spalla e si riavvicinò alle pietre.

Con un respiro profondo, fece il primo passo sul passatoio.

Era… un po' più facile di quanto avesse creduto. Le pietre erano abbastanza larghe e vicine l'una all'altra.

Purtroppo, doveva comunque guardare il percorso per assicurarsi di non cadere, quindi rimase tutto il tempo a fissare il precipizio sotto i suoi piedi. Attraversò diverse isole galleggianti, serpeggiò tra un paio di enormi scaffali zeppi di tavolette incise d'argilla, e dovette fermarsi per far passare uno stormo di grimori in volo. E, per tutto il tempo, sotto i suoi piedi si profilava minaccioso il precipizio. In lontananza, sotto di lui, vedeva il bagliore tra il bianco e l'azzurrino. Fissandolo, avrebbe potuto giurare che qualcosa si muovesse là sotto.

All'improvviso il passatoio si interruppe accanto a un'enorme libreria galleggiante. Doveva estendersi per almeno sessanta metri sopra e sotto Hugh. Alla fine del sentiero, le pietre si erano raggruppate in una larga piattaforma piana. Hugh fu felice di salirci sopra e lanciò un'occhiata al piccolo pallone di origami. Fluttuava davanti a un volume dall'aspetto piuttosto anonimo e noioso.

Hugh lo tirò fuori dallo scaffale.

I 74 usi dello sterco di drago.

Ci doveva… essere un errore.

Hugh lo prese, ma il palloncino rimase esattamente dov'era. Dietro a *I 74 usi dello sterco di drago* si trovava un sottile volume nero. Hugh lo tirò fuori, rimettendo a posto *I 74 usi dello sterco di drago*. Nell'istante in cui toccò il volume nero, il pallone prese il volo.

Aprì la prima pagina del libriccino nero.

In una bella scrittura leggibile, l'autore aveva redatto un breve avvertimento.

"La lettura di questo volume è severamente vietata, tranne a coloro che possiedono almeno il rango di vescovo, o più in alto, nella Chiesa della Celestiale fiamma eterna. All'interno sono descritti in dettaglio alcuni degli incantesimi più indecenti e funesti. Questo volume esiste per dare modo di sciogliere tali incantesimi, nella remota possibilità che riemergano simili eresie e debbano essere affrontate nuovamente. Vi avverto: verso la fine del libro gli incantesimi diventano sempre più sconvolgenti. Lo scriba originario è quasi impazzito per metterli nero su bianco, e alla fine è stato ricoverato in manicomio."

L'avvertimento era seguito dal sommario. I contratti da stregoni erano nella terza parte del libro, tra una cosa chiamata "Maledizione delle vescicole" e un incantesimo della verità che marchiava a fuoco la pelle della vittima con ogni bugia detta per il resto della sua vita.

Hugh si chiese come mai non avesse mai sentito parlare della Chiesa della Celestiale fiamma eterna.

Sfogliò il testo fino ad arrivare alla parte sui contratti, aspettandosi di trovarci formule magiche contorte.

Erano abbastanza contorte, ma, stranamente, anche molto familiari. Erano strutturate in maniera simile a una protezione. C'erano degli spazi in cui redigere il contratto e altri due che i contraenti dovevano toccare insieme per completare l'incantesimo e sigillare il patto. Si rese conto che, in effetti, lo scriba che aveva copiato l'incantesimo era diverso da quello che aveva scritto l'avvertimento.

Hugh subito copiò il modello del contratto sul suo libro degli incantesimi, assieme a tutti i dettagli importanti. Lo scrisse in fondo al volume, così se qualcuno per caso lo avesse aperto avrebbe avuto meno chance di trovarlo.

Probabilmente quell'incantesimo non gli sarebbe servito fino all'estate, quando Alustin lo avrebbe portato a cercare un contraente, ma meglio avercelo, per sicurezza.

Finì di copiare il modello e resistette alla curiosità di sbirciare il resto del libro. Non aveva senso sfidare il destino. Ripose il volumetto dietro *I 74 usi dello sterco di drago*.

Hugh tirò fuori una delle pagine che aveva strappato dal nodo d'accesso, e chiese un libro sui principi della costruzione delle protezioni su larga scala, come quelle nel diario della bisnonna di Sabae.

Quella volta il percorso non fu molto difficile: doveva rifare in parte lo stesso cammino, ma al contrario, e poi compiere una leggera deviazione prima di tornare al punto di partenza. Il libro che trovò era un volume stringato sui tassi di perdita del mana e i fattori determinanti per protezioni efficaci. Non sembrava molto divertente, ma era senz'altro utile.

Anche al ritorno mantenne lo sguardo fisso sulle pietre, cercando di tenere a bada le vertigini. Quando raggiunse la balconata, strinse con sollievo la ringhiera. Che sensazione meravigliosa rimettere i piedi su un pavimento vero.

Qualcuno si schiarì la gola. Hugh alzò lo sguardo.

Davanti a lui c'erano Talia, Sabae e Godrick, tutti a disagio. Tra Hugh e i suoi amici c'era anche Alustin, che lo scrutava accigliato.

«Ops» mormorò Hugh.

Capitolo 29

Una lavata di capo

Alustin non sembrava molto contento.

«Allora, chi ha avuto la brillante idea di questa piccola escursione?» chiese.

«Io» ammise subito Hugh. «Loro sono venuti solo perché era il mio compleanno, e io ci tenevo molto.»

Alustin aggrottò la fronte.

«Che cosa interessante. Quattro studenti che si prendono tutti il merito dello stesso piano.»

Hugh stava per dire qualcosa, ma poi richiuse la bocca.

Alustin sospirò. «Be', almeno nessuno può venire a dirmi che non siete leali l'uno con l'altro. Però io posso dirvi che siete stati degli stolti a venire qui. C'è una buona, buonissima ragione se questa stanza, la Grandiosa Biblioteca, è accessibile solo ai maghi completi. La Grandiosa Biblioteca uccide in media duecento persone a decennio, e la maggior parte delle vittime sono maghi completi.»

Talia mimò "Duecento?" con la bocca, sconvolta.

«Questa parte della biblioteca è terribilmente pericolosa. Contiene la più grande collezione conosciuta di libri incantati esistente. Perfino molti volumi non incantati sono altamente pericolosi. Alcuni con le loro informazioni possono portarvi alla follia, altri sono stati fabbricati con piante velenose, per qualche folle ragione.»

Hugh ripensò al libro con il rituale dello stregone con senso di colpa, ma non disse niente.

«Come avete fatto anche solo a entrare?» chiese Alustin.

All'inizio nessuno disse niente, poi fu Hugh a parlare: «Ho modificato una delle protezioni».

Alustin lo fissò per un secondo, poi strinse gli occhi. «Non mentirmi, Hugh. Come siete entrati? Avete rubato la chiave a un bibliotecario?»

«Non sto mentendo!» esclamò Hugh. «L'ho davvero modificata.»

«È vero» confermò Godrick per difenderlo. «È scaltrito con le protezioni.»

Alustin fissò Hugh fin troppo a lungo. «Fammi vedere.»

Hugh condusse Alustin alla porta del magazzino da cui erano entrati. Il mago passò almeno un quarto d'ora a fissare la protezione e le scritte di Hugh. Alla fine lo guardò.

«Per quanto tempo hai analizzato la protezione?» gli chiese.

«Forse una mezz'ora?» rispose Hugh.

«Di meno» precisò Sabae.

Alustin sospirò. «Non so se sgridarti per aver modificato una protezione che avrebbe potuto ucciderti, oppure farti i complimenti per esserci riuscito.»

«Uccidermi?» fece Hugh. «Quelle formule magiche non mi avrebbero solo scagliato all'indietro?»

Alustin lo guardò, serio. «Con una potenza normale, sì. Ma non vi ho ancora spiegato come le protezioni vengano influenzate dai materiali. Anche se questa protezione è piuttosto deteriorata, con la potenza fornita dalla biblioteca c'era il rischio che venissi sbrindellato.»

A Hugh salì la nausea.

Alustin sospirò, poi fece cenno a tutti di uscire dal magazzino e rientrare nell'immensa biblioteca. «Farò venire dei bibliotecari a dare un'occhiata e a risistemare la protezione. E a rimuovere in sicurezza le modifiche. Nel frattempo... vediamo cosa avete trovato.»

Tutti guardarono Alustin con aria assente.

«I libri che avete preso, fatemeli vedere.»

I quattro gli passarono timidamente i volumi.

Alustin li sfogliò per un po'. «Hugh, scelta eccellente, anche se è un libro un po' avanzato. Se dovesse esserci qualcosa che non capisci – e immagino ce ne saranno diverse – fammi sapere. Detto questo, cosa ti ha spinto a cercare protezioni su larga scala? Sono a dir poco difficili, e non c'è molta richiesta al di fuori di alcuni impieghi specializzati.»

Hugh gli disse del diario della bisnonna di Sabae e la potenziale offerta di lavoro. Alustin ne sembrò davvero colpito.

«Se per te va bene, mi piacerebbe dare un'occhiata a quel diario.»

Hugh annuì, felice di cambiare argomento.

«Parlando di Sabae... come ti è saltato in mente di scegliere un libro che non si può aprire?»

«Io posso aprirlo» rispose Sabae.

Tese la mano. Alustin le ripassò il volume, anche se esitante. Hugh non l'aveva ancora visto: la copertina sembrava di vetro o di cristallo, e dentro c'era una vera e propria tempesta. Ogni tanto si vedeva anche un fulmine.

Nell'istante in cui Sabae toccò il libro, la tempesta divenne violentissima. Sabae lo aprì senza problemi e sfogliò qualche pagina. I capelli le svolazzavano per la leggera brezza proveniente dal volume, anche dopo che aveva smesso di voltare le pagine.

«Il libro può essere aperto solo da me o da altri membri di sangue della mia famiglia.»

Alustin tese la mano. «Posso dare un'occhiata?»

Sabae parve pensarci un istante, poi gli passò il libro aperto. «Certo.»

Non appena Alustin lo sfiorò, lei lo richiuse di scatto e glielo lasciò in mano. «Sempre che, naturalmente, tu sia un membro di sangue della famiglia Kaen Das.»

Alustin parve per un attimo frustrato, poi si incamminò con il libro in mano verso il nodo d'accesso più vicino. Scrisse per diverso tempo, poi colpì tre volte la pagina con la nocca, e il testo si cancellò.

«In questo caso, Sabae, per quanto mi addolori dare via un grimorio incantato dal contenuto sconosciuto, credo che questo appartenga a te, e non alla biblioteca.» Alustin ripassò riluttante il volume a Sabae, che se lo infilò sotto il braccio, con il viso composto.

Alustin si girò verso Godrick per esaminare il suo libro. In quel momento, Hugh notò un sorriso soddisfatto comparire sul volto di

Sabae. «Mmh. Una scelta più che ragionevole, anche se devo farti notare che anche questo libro è incantato: enfatizza gli odori, quindi sii prudente e non portarlo mai in mensa o in bagno.»

Anche il libro sul fuoco onirico di Talia superò l'esame. Quello, per fortuna, non era incantato: Hugh dubitava che il primo libro sul fuoco onirico avrebbe avuto l'approvazione di Alustin.

«Be', non posso di certo criticare le vostre scelte» mormorò il mago. «Passando alle punizioni: dovete imparare a memoria tutti i nomi delle persone morte o scomparse nella Grandiosa Biblioteca nell'ultimo decennio, oltre alla causa della loro morte, se nota. È stato un decennio piuttosto tranquillo, abbiamo perso solo… centoquarantatré persone, se non sbaglio.»

Hugh si guardò intorno in quella stanza colossale, senza fiato.

«Non dovremmo… non dovremmo parlarne da qualche altra parte?»

Alustin sorrise. «Questo sì che è il giusto rispetto da portare alla Biblioteca. Non dovreste avere problemi se restate con me e non toccate i libri senza prima chiedere il permesso. Comunque, forse è meglio se usciamo.»

Alustin si era girato per accompagnarli fuori, anche se non dalla porta da cui erano entrati, quando Talia disse: «Come fa questo posto a essere così grande? È addirittura più grande della montagna in cui è stata costruita Skyhold!».

«Perché la stanza non è all'interno della montagna.»

«È uno spazio extra-dimensionale?» chiese Hugh. Aveva letto dei libri sull'argomento: gli incantesimi aumentavano le dimensioni degli spazi interni, ma erano difficilissimi e non li allargavano poi di molto.

Alustin fissò il vuoto.

«Sì, in un certo senso. La stanza è stata creata in uno spazio del genere, ma l'incantesimo non l'avrebbe ampliata più di tanto. Ma a causa di… interazioni impreviste con la magia del labirinto, alla fine è diventata molto più vasta del previsto, fra le altre cose.»

«Che tipo di interazioni?» chiese Hugh.

«A cosa serviva all'inizio questo posto?» domandò Sabae.

«E di quali altre cose stai zufolando?» si unì Godrick.

Alustin li guardò con aria criptica, poi si incamminò.

«Andiamo via di qui.»

Ma Hugh aveva un'altra domanda: «Cos'era quella luce sul fondo?».

Alustin rispose senza voltarsi a guardarlo.

«L'Indice Grandioso. Ora andiamo.»

Capitolo 30

Allenamento

Alustin era serissimo sul fatto di imparare a memoria i nomi delle persone morte nella Grandiosa Biblioteca.

Anna Scintillalgida: precipitata perché non prestava attenzione al percorso da seguire.
Mago sconosciuto n. 12: trovato quasi morto di fame e disidratato, come se vagasse nella Grandiosa Biblioteca da anni.
Helgrim il Corpulento: mangiato da uno stormo di libri di incantesimi.
Durham il Tetro: scomparso senza lasciare traccia. Due anni dopo è stata ritrovata in biblioteca una sua biografia con una copertina di ossa e pagine di pelle umana.

Hugh fece una smorfia distogliendo lo sguardo, poi ritornò all'altro suo compito.

Alustin e Artur Spaccamuro avevano deciso che le due settimane prima del labirinto, invece di insegnare loro nuovi incantesimi, sarebbe stato meglio focalizzarsi su tre cose: allenare le capacità già acquisite, studiare meglio il labirinto e, naturalmente, imparare i nomi delle vittime della Grandiosa Biblioteca. Per fortuna, le prime due voci in lista erano considerate molto più importanti.

Purtroppo, però, nel frattempo i due mastri volevano che memorizzassero comunque una parte della lista.

I testi sul labirinto erano di gran lunga meno inquietanti di quelli sulla Biblioteca. Infatti, anche se il labirinto era estremamente pericoloso, il livello superiore lo era meno degli altri. Alcuni studenti erano morti durante la prova, ma era piuttosto raro, e comunque la maggior parte delle volte era capitato perché si erano incoscientemente avventurati nei piani inferiori. Tuttavia, qualcuno era morto anche al livello superiore, motivo per il quale facevano scendere gli studenti in squadre.

Purtroppo non avrebbero potuto tracciare un percorso del labirinto. Infatti, proprio come i livelli inferiori, anche quello superiore era in grado di cambiare forma. Nessuno aveva mai assistito al cambiamento, ma ne avevano visto i risultati.

Tuttavia c'erano dei modelli ricorrenti. Il livello superiore era perlopiù circolare, con diversi ingressi sull'esterno. Al centro c'era una grande stanza circolare con una scala che portava al piano inferiore. Era il modo principale per scendere, anche se c'erano altre scale secondarie che portavano giù.

Al centro della stanza li avrebbe aspettati una squadra di maghi completi, e questo per tre ragioni: distribuire gli emblemi agli studenti che arrivano al centro come attestato di superamento della prova, impedire loro di scendere, e soprattutto rispedire di sotto i mostri più pericolosi che cercavano di entrare nel livello superiore. Gli studenti dovevano solo raggiungere il centro della stanza, prendere un emblema ciascuno e poi imboccare la prima uscita.

Certo, non era così semplice. Oltre a essere un labirinto complicatissimo, anche nel livello superiore c'erano diversi mostri e trappole. Niente che un mago apprendista non potesse gestire, in genere, ma ogni anno gli studenti che non superavano la prova erano parecchi.

Così, giorno dopo giorno, Hugh e gli altri passarono ore a leggere vecchi resoconti del livello superiore e guide sulle diverse creature e trappole che avrebbero potuto trovarci, e a elaborare così una strategia.

La cosa più difficile, però, era padroneggiare le proprie abilità. Se prima Alustin e Artur non avevano preteso molto, ormai esigevano la perfezione. E i ragazzi erano estenuati. I mastri richiedevano che Sabae scagliasse ganci maestrali a comando e anche che manifestasse un'armatura eolica sugli stinchi e sui polpacci per diversi minuti di fila. Pretendevano che i dardi di fuoco onirico di Talia colpissero il bersaglio con mira perfetta.

E Hugh? Da lui si aspettavano che lanciasse incantesimi basilari alla perfezione, senza indugio. Certo… non era chissà quale grande sfida, ma Hugh non si sentiva comunque sollevato. In parole povere, senza un contratto da stregone e in mancanza di sintonie, Hugh era il membro più debole della squadra. Con i suoi enormi serbatoi di mana, non sarebbe mai rimasto a secco di forza sovrannaturale, ma c'era un limite massimo alla potenza degli incantesimi basilari.

Il suo progetto speciale sarebbe stato senz'altro d'aiuto, ma Hugh temeva di essere un peso per i suoi amici. E non solo perché era un combattente mediocre: quello che più lo spaventava era che avrebbero dovuto perdere tempo a proteggerlo.

Quando affrontò l'argomento con Alustin, lui gli disse semplicemente che "doveva avere più fiducia in sé e nei suoi compagni".

Hugh aveva fiducia nei suoi amici, ma non avrebbe potuto dire lo stesso riguardo se stesso.

Capitolo 31

Una questione di sangue freddo

Hugh fissò l'enorme porta di pietra del labirinto. Era cristallina e opaca, e non granitica come il resto della montagna. Hugh non riusciva a leggere i dettagli, ma era ricoperta di intricatissime incisioni di formule magiche. Non aveva la minima idea a cosa potessero servire.

«Porta di quarzite» disse nervoso Godrick. Era agitato quanto Hugh, e giocherellava con l'enorme martello d'acciaio che si sarebbe portato dietro nel labirinto. «Stringi stringi, è arenaria schiacciata e scalducciata nei millenni. Manipola il mana in maniera eccellente, ma anche con maggiore complicazione.»

«A me sembra solo un grosso blocco di cristallo sporco» esclamò Talia. Si toccò irritata i due pugnali sulla cintura. Più la prova si avvicinava, più Talia era diventata impaziente e distaccata, e ormai sembrava che sarebbe potuta esplodere alla minima provocazione. Hugh, però, aveva notato che era da quando erano arrivati all'entrata del labirinto che continuava a sbattere nervosa il piede a terra.

«I cristalli alla fin fine non sono altro che pietre più scintillanti, no?» chiese Sabae. Sembrava fredda e composta come al solito, solo che aveva le spalle irrigidite, si muoveva con gesti bruschi, e la sua voce sempre calma aveva un tono forzato.

Godrick stava per risponderle, quando una maga attraversò a grandi passi la folla di studenti e si piazzò davanti alla porta. Hugh non la riconobbe, ma non era una grande sorpresa: a Skyhold c'erano migliaia di maghi completi, e non tutti potevano essere famosi con Aedan Ammazzadraghi, Sulassa Alzamarea o Artur Spaccamuro.

«Apprendisti, se posso avere la vostra attenzione» disse forte la donna di mezz'età. Ci volle un po', ma alla fine si zittirono tutti. Curiosamente, gli ultimi ad abbassare la voce furono gli insegnanti venuti a osservare i propri studenti. Hugh si guardò alle spalle, e vide che Alustin lo osservava. Il mastro annuì, e Hugh, con un respiro profondo, si girò di nuovo verso la maga di fronte alla porta.

«Tra pochi istanti aprirò la porta per farvi entrare. Lo farete a intervalli di tre minuti per squadra nell'ordine annunciato. Manderemo prima le squadre reputate più forti, perché le prime squadre sono quelle che rischiano di incontrare mostri e altre minacce. Le altre cinque porte del livello superiore del labirinto si apriranno contemporaneamente. Per superare la prova, dovete arrivare fino al centro del primo piano del labirinto…»

Hugh, mentre la maga ripeteva le regole e gli avvertimenti che ormai lui conosceva a memoria, perse la concentrazione. Dondolava avanti e indietro sui piedi, fissando nervoso l'enorme porta di cristallo. Era sicuro che la sua squadra sarebbe stata una delle ultime a essere chiamata. Anche se avevano un concentrato di magia come Godrick, il fatto che gli altri fossero considerati degli incapaci li avrebbe portati in un modo o nell'altro in fondo alla lista. E Hugh se ne sentiva particolarmente responsabile. Alustin magari stava cambiando le carte in tavola, ma per guadagnarsi una certa reputazione dovevano prima dimostrare il loro valore.

A portare Hugh al settimo cielo era stato il fatto che la squadra di Rhodes sarebbe entrata da un'altra porta.

«…e, per nessun motivo, potete scendere le scale o prendere altre strade che vi portino ai livelli inferiori. Anche se vedete un altro studente ferito in fondo a una breve rampa che porta di sotto, non dovete aiutarlo. Pensate piuttosto a memorizzare il luogo e a comunicarlo al primo insegnante che vedete.»

Scese il silenzio mentre la maga srotolava una pergamena.

«Prima squadra: Godrick, figlio di Artur Spaccamuro; Sabae Kaen Das; Talia del clan Castis; Hugh di Emblin.»

Hugh, per la sorpresa, perse l'equilibrio e cadde.

Capitolo 32

L'entrata

Godrick afferrò Hugh prima che cadesse e lo aiutò a rimettersi dritto. Lui deglutì nervoso e si guardò intorno.

Li fissavano tutti, bisbigliando tra loro, e sentì addirittura qualcuno che diceva: «Emblin». Si fece rosso come un pomodoro.

«Mettetevi in fila vicino alla porta, prego» disse la maga con la pergamena.

Hugh deglutì.

Sabae fu la prima a muoversi e gli altri suoi due compagni subito seguirono il suo esempio. A Hugh ci volle un secondo di più, poi si affrettò a raggiungergli. Si sentiva ancora tutti gli occhi puntati addosso.

«Tannis Anticaradice, Elia Karnath…» Hugh lanciò un'occhiata alla seconda squadra. Avevano un aspetto minaccioso. C'era uno che al posto del braccio aveva un ramo vivente, inciso con complicate formule magiche; un'altra era del tutto glabra, e sulla sua testa calva erano stati incastonati fili luminosi; il terzo era in parte ricoperto di brina, mentre l'ultimo di scarabei.

«Perché non vanno loro per primi?» sussurrò Hugh a Sabae quando arrivarono davanti alla porta. «Fanno una paura esagerata!»

Sabae lanciò un'occhiata al secondo gruppo e poi a Hugh.

«Hugh, non so se ci hai fatto caso, ma anche noi facciamo piuttosto paura. Godrick è grande quanto una casa e si porta dietro un martello che quasi nessuno sarebbe in grado di sollevare; Talia è praticamente ricoperta di formule magiche tatuate e pare sempre sul punto di azzannare qualcuno, oltre ad avere la reputazione di distruggere intere aule; e io sono piena di cicatrici e provengo da una delle famiglie di maghi più rispettate del continente.»

Hugh strabuzzò gli occhi. In effetti, detta in quel modo, doveva ammettere che i suoi amici erano piuttosto intimidatori. Ma... «Sì, ma io non faccio paura. Sono solo un piccolo bifolco pelle e ossa.»

Sabae gli lanciò un'occhiataccia. «Guarda le squadre che si stanno mettendo in fila.»

Hugh si girò. In fila c'erano già molte altre squadre, e avevano tutte lo stesso aspetto minaccioso di quella dietro di loro. Soprattutto una bassa figura avvolta da un mantello, la cui ombra si muoveva per conto suo.

«Sono tutti spaventosi» disse Hugh.

«Lo sono all'esterno» gli rispose Sabae. «Tu sei nel primo gruppo e sembri... piuttosto normale. Non hai tatuaggi strani, armi magiche tramandate dagli antenati, familiari. E neanche un costume che ti faccia sembrare più pericoloso. Penso che ne stiano pensando di cotte e di crude per capire che razza di mago sei.»

Hugh rimase spiazzato a quelle parole. Si girò di nuovo a guardare la fila di apprendisti e si rese conto di una cosa.

Più che spaventosi, erano tutti *spaventati*. Lo studente con il ramo al posto del braccio non la smetteva di toccarsi nervoso l'arto. L'ombra della figura con il mantello non era aggressiva, ma si contorceva agitata.

«Sono tutti nervosi come noi, Hugh. Molti di loro probabilmente si ritengono fortunati a non essere i primi.»

Hugh fece un respiro profondo e annuì. Probabilmente Sabae aveva ragione. E comunque, gli altri studenti facevano bene a considerarsi fortunati.

Fu in quel momento che la maga smise di leggere la lista. «Finiremo tra poco di mettervi in fila, ma è tempo di far entrare la prima squadra.»

Hugh sentiva il cuore scoppiargli nel petto.

La maga si avvicinò a un'anta della porta e poggiò la mano su una formula magica, che cominciò a emanare una calda luce pulsante. Poi si avvicinò all'altra anta con la stessa formula magica e toccò anche quella. Nell'istante in cui tolse la mano dalla porta, la luce cominciò a propagarsi in tutte le linee delle formule magiche. Nel giro di pochi istanti, la porta cristallina luccicava di linee scintillanti che si intersecavano, si dividevano, si mescolavano e formavano disegni geometrici attorcigliati. Poi la luce parve immergersi nel cristallo.

Le ante della porta si oscurarono.

Per un momento, Hugh si sentì sollevato, credendo che qualcosa fosse andato storto e che quindi la prova sarebbe stata annullata.

Ma poi le imponenti ante si aprirono lentamente e senza fare rumore verso l'interno, dando sull'oscurità.

Capitolo 33

I primi passi

Hugh e gli altri apprendisti fissavano il buio all'interno del labirinto. Nessuno si azzardava a fare il primo passo.

«Allora?» fece la maga che aveva aperto la porta.

Hugh deglutì guardando gli altri. Poi, come se fossero un tutt'uno, fecero insieme un passo verso la porta. Avanzando, Hugh verificò più volte di avere tutto quello che gli serviva. Pugnale di Talia alla cintura, presente. Libro degli incantesimi in spalla, presente. Borraccia, presente. Progetto segreto… presente.

Dopo aver superato la soglia del labirinto, la temperatura scese all'improvviso. Non al punto che servisse una giacca, ma abbastanza perché Hugh provasse fastidio.

Le pareti del labirinto erano del solito granito di Skyhold, ma erano ricoperte da disegni di formule magiche così intricati che facevano sembrare elementari anche quelli sulla porta. Riempivano ogni millimetro delle pareti, del pavimento e del soffitto.

La stanza in cui erano entrati era a forma di mezzaluna, con la porta collocata nella parete lineare. Era illuminata dalla sola luce proveniente dalla porta. Dalla parete curva si diramavano tre corridoi, immersi nel buio.

«Dove dovremmo andare?» chiese Hugh. Con l'occhio della mente creò un incantesimo luminoso, poi se lo evocò in mano.

«Se fosse un labirinto normale» disse Sabae «dovremmo scegliere una direzione e continuare a prendere sempre la stessa a ogni curva, ma non penso sia una strategia tanto efficace in questo labirinto.»

Restarono tutti in silenzio per un attimo, e poi Talia disse annuendo: «Allora non importa che direzione prendiamo. Dobbiamo solo capire come si incurva il cerchio e dirigerci verso l'interno».

Talia si avviò a grandi passi verso il corridoio di destra. Per un attimo il resto del gruppo non mosse un passo, poi tutti si affrettarono a raggiungerla. Anche Godrick si evocò una luce in mano.

«Io e Sabae dovremmo stare innanzi, ricordi?» fece Godrick.

Talia, seppur sbuffando, lasciò che Godrick e Sabae la superassero. La squadra non aveva uno, bensì due maghi bellici a distanza ravvicinata, quindi era sensato che stessero davanti, in caso si fossero ritrovati di fronte a un pericolo. Erano in pochi ad avere dei maghi bellici in squadra, quindi la loro in effetti aveva un vantaggio in caso di agguati.

Percorsero il corridoio in silenzio. Dopo una leggera curva, l'unica luce visibile era quella evocata da Hugh e Godrick, e gli unici rumori erano quelli dei loro stessi passi.

«Mi sarebbe piaciuto poter segnare la strada con un filo o con il gesso» disse Hugh tra sé e sé. Nel corridoio silenzioso, il volume della sua voce sembrò così alto che lo fece quasi sussultare. Gli altri lo guardarono, e lui arrossì. «So che non possiamo farlo, era per dire.» Gli incantesimi del labirinto, fra le altre cose, erano stati realizzati per impedire di imbrogliare mentre ci si avventurava all'interno. Le corde venivano tagliate, il gesso cancellato, e così via.

Per un altro minuto regnò il silenzio, fino a quando non si ritrovarono di fronte a un bivio. Il sentiero sulla destra seguiva la curva che stavano percorrendo, mentre quello a sinistra sembrava portarsi verso l'interno.

«Come ha detto Talia, dobbiamo dirigerci verso l'interno» precisò Sabae.

Si avviarono cauti verso il sentiero a sinistra. Avevano percorso solo una trentina di metri, quando Talia si fermò con un sibilo.

«Che c'è?» chiese Hugh.

«Ssst» sussurrò Talia.

Restarono tutti in silenzio. Dopo pochi secondi, anche Hugh lo sentì: una specie di fruscio, di rumore di passi. Però non capiva da dove provenisse.

«Alle nostre spalle!» esclamò Talia.

Hugh si girò, puntando la luce incantata in quella direzione, ma non vide niente. Godrick e Sabae gli si piazzarono davanti, e Talia indietreggiò accanto a lui. Godrick preparò il martello, mentre attorno agli avambracci e ai polpacci di Sabae cominciarono a vorticare dei mulinelli. Dai palmi di Talia divampava il fuoco onirico. Mentre Hugh tirò fuori dal marsupio il suo progetto segreto.

«Che odoraccio» disse Godrick. Hugh annusò l'aria, ma non sentiva ancora niente. Se Godrick lo avvertiva, era senz'altro grazie alla sua affinità olfattiva.

Qualcosa a quattro zampe uscì dall'oscurità e soffiò verso di loro.

Era grande come un gatto, con un viso da pipistrello e un corpo umanoide con un enorme pancione. Dal suo corpo spuntavano senza logica ciuffi di peli, e Godrick aveva ragione: emanava un odoraccio.

«È un imp!» disse Hugh.

«Un che?» chiese Talia.

«Un piccolo demone minore. Con l'intelligenza di un ratto, e molto più feroce. E...»

Vennero alla luce una dozzina di altri esseri simili, e soffiavano tutti. Hugh ne sentiva altri arrivare dalle zone d'ombra, con tanto di occhietti che luccicavano nel buio.

«Si muovono in branco» terminò con un filo di voce.

Il primo imp provò a scagliarsi contro Godrick, ma, prima che potesse anche solo avvicinarsi, Talia lo fece volare in aria con un'esplosione di fuoco onirico. Si schiantò a terra, sciogliendosi in una sostanza appiccicaticcia.

Come se fosse stato un segnale, anche gli altri imp si scagliarono sul gruppo. Godrick alzò il martello con un urlo e poi lo abbatté su due di loro, riducendoli in poltiglia. Sabae diede un calcio a uno, alzando una corrente d'aria che ne fece volare diversi all'indietro. Talia scagliò dardi di fuoco onirico uno dopo l'altro nel mezzo, facendo esplodere gli uni, e schiacciando, congelando o facendo marcire gli altri.

«Hugh, fai qualcosa!» urlò Talia.

Hugh si scosse dalla paura che lo teneva prigioniero e si preparò a mettere in pratica il suo progetto segreto.

Era una fionda. Una banale fionda, come quelle che usava nei boschi di Emblin per cacciare conigli e fagiani. L'aveva fabbricata con il cuoio trovato in un magazzino di rilegature per libri. Era ben fatta, ma non aveva niente di speciale. I proiettili, però… erano tutt'altra storia. Aveva passato ore con ogni pietruzza, incidendoci accuratamente delle protezioni. Ne aveva solo una dozzina, quindi era meglio che funzionassero.

Hugh tirò la corda della fionda e lanciò la pietra protettiva dritta a terra in mezzo agli imp. Nell'istante in cui quella colpì il pavimento, la formula magica andò in frantumi, rilasciando tutta l'energia accumulata all'interno.

E l'energia accumulata all'interno era parecchia. L'esplosione colpì una mezza dozzina di imp. Non erano semplicemente morti: erano ridotti in poltiglia. Sul gruppo schizzò una pioggia di imp liquefatti, che emanavano un tanfo peggiore di quando erano in vita.

Talia si asciugò il sangue dell'imp dal viso e guardò Hugh accigliata. «Be', non fermarti proprio adesso!» Scagliò un altro dardo di fuoco onirico su un imp. Ma quello, stranamente, bruciò appena.

Hugh subito tese la corda della fionda, mentre Godrick scagliava su un imp una pietra appuntita raccolta da terra e Sabae faceva alzare un'altra folata di vento con un calcio, lanciando in aria diversi imp.

Quello scontro sembrava durare da ore, anche se probabilmente andava avanti solo da una manciata di minuti. Quando ebbero finito, erano ricoperti di pezzetti appiccicosi di imp, e quello dei mostri che era rimasto da solo scomparve sbandando nel buio da cui era venuto.

«Be', questi panni sono da buttare» disse Talia.

Si girarono tutti a fissarla, poi scoppiarono a ridere.

Finita la risata isterica, Hugh lanciò un altro incantesimo, uno dei suoi preferiti: un incantesimo pulitore. Lo usò per aspirare la sostanza appiccicaticcia degli imp dai loro vestiti.

«Non mi sei mai stato tanto simpatico» disse Sabae.

Talia si odorò.

«Abbiamo ancora un odore da schifo» disse. «Godrick, pensi di poterci lanciare addosso un qualche tipo di incantesimo olfattivo?»

Godrick giocherellò con i piedi. «Non sono ancora destro con gli incantesimi olfattivi. Senza fallo farei solo più male.»

«Posso pensare io anche a questo, con un piccolo aiutino di Godrick» disse Hugh. Frugò nel marsupio, da dove tirò fuori una piccola sfera di vetro: quella assorbi-odori che gli aveva regalato Godrick per il suo compleanno.

«Ecco perché siamo la squadra che è stata mandata dentro per prima» disse Sabae con un sorriso.

Capitolo 34

L'arrivo al centro

Mentre si facevano strada verso il centro, furono attaccati altre due volte dagli imp. Ebbero la meglio in entrambi i casi, anche se Godrick si procurò un brutto morso su una gamba, e Sabae venne graffiata più volte sulle mani. Ogni volta Hugh fu felice di ripulire tutti. Furono anche attaccati da una specie di ragno tartaruga largo quasi due metri, ma era così lento che Talia lo bersagliò con il fuoco onirico mentre indietreggiavano, e alla fine la creatura morì in silenzio.

Si sorpresero di non aver incontrato molte trappole. Di solito in quel livello era la norma trovarsi davanti a fili tesi, trappole con dardi (in genere non avvelenati) e insidie non mortali, ma si imbatterono in una sola trappola con dardi (che colpì Godrick nel sedere, con grande divertimento degli altri, soprattutto di Talia) e una lacrimogena.

La vera sfida era il labirinto stesso. Per sei volte si ritrovarono in vicoli ciechi, per due girarono in tondo, e spesso sentirono mostri e altri studenti proprio dietro l'angolo, ma dopo averlo svoltato non c'era niente e nessuno ad aspettarli. Hugh era sicuro che si stessero avvicinando sempre più al centro.

Raggiunsero il centro del piano superiore circa due ore dopo l'inizio della prova. Era una grande stanza circolare larga una sessantina di metri, con un'ampia scala a spirale che andava verso il basso proprio nel mezzo del pavimento. Al di sopra formava una barriera magica simile a una cupola una buona mezza dozzina di maghi. Le formule magiche che ricoprivano le pareti, il pavimento e il soffitto sembravano tutte risalire dalla scala. O forse scendere al suo interno.

La loro non era stata la prima squadra ad arrivare: anche se erano entrati fra i primi, furono solo gli undicesimi a raggiungere il centro. Quando arrivarono c'era un'altra squadra, e i suoi membri stavano dicendo di essersi imbattuti in molte trappole, tra cui una di serpenti, ma in nessun mostro. Hugh diede un'occhiata ai suoi proiettili protettivi: gliene restavano solo quattro.

I maghi al centro della stanza passarono loro gli emblemi. «Ricordate» disse uno di loro «supererete la prova solo se tornate all'uscita con un emblema. Se lo perdete, dovrete tornare qui.»

«Le altre squadre possono cercare di rubarci gli emblemi?» chiese Talia.

«Sì, ma questo non comporta che superino la prova, perché gli emblemi sono personalizzati. In ogni caso, però, dovrete comunque tornare qui.»

Il mago strinse loro la mano augurando buona fortuna.

«Avete preferenze sul cammino da prendere per lasciare il centro?» chiese Sabae.

«Torniamo da dove siamo venuti» propose Talia, e si incamminò da quel lato. Sabae l'afferrò per le spalle per fermarla.

«È probabile che non funzioni: al labirinto non piace molto quando si cerca di tornare da dove si è venuti. Chi ci prova di solito viene solo allontanato.»

Talia fece spallucce. «Avete letto i libri molto meglio di me.»

Hugh indicò uno dei corridoi che conducevano verso l'esterno. «Passiamo di lì.»

«Pare iguale agli altri» disse Godrick.

«Ho un buon presentimento» rispose Hugh.

Nessuno propose idee migliori, così si incamminarono in quella direzione.

Dieci minuti dopo essersi allontanati dal centro, Hugh udì un *clic* e si paralizzò.

«L'avete sentito anche voi?» chiese.

«Hugh, non muoverti» fece Talia. «Se ti muovi, si attiva.»

Hugh guardò in basso. La formula magica che aveva calpestato era leggermente rientrata nel pavimento e brillava. Hugh sentì un boato in lontananza.

«Le trappole magiche non funzionano così» urlò Hugh. «Correte!»

Fu il primo a schizzare in avanti a rotta di collo.

Tutti gli altri lo seguirono, e giusto in tempo: un'enorme roccia sferica cadde dal soffitto nel punto in cui erano stati fino a un secondo prima. Si fermarono a fissarla. Per fortuna, era rimasta lì dov'era caduta.

«Menomale che avevi un buon presentimento, Hugh» fece Talia.

«E ce l'ho» disse Hugh. «Stiamo tutti bene, quindi non mi sono sbagliato.»

Sulla roccia cominciarono a illuminarsi delle formule magiche.

«Come non detto, mi sono sbagliato. Filiamo via di qui!»

La roccia cominciò a rotolare verso di loro. E lo faceva deliberatamente.

«Non mi fiderò mai più del tuo istinto, Hugh!» esclamò Talia. E se la diedero di nuovo tutti a gambe levate.

Capitolo 35

Ancora Rhodes

La roccia li inseguì per dieci minuti buoni, finché non si affievolirono le formule magiche, interrompendo l'inseguimento. Prima di fermarsi, li aveva rincorsi implacabile, imboccando addirittura le loro stesse strade. Be', a dire il vero era probabile che inseguisse Hugh, visto che era stato lui a far scattare la trappola, ma gli altri non lo avrebbero di certo abbandonato.

Se non fosse stato per l'allenamento di Alustin, Hugh era certo che non ce l'avrebbero fatta.

La stanza quadrata in cui si ritrovarono aveva tre uscite: quella da cui erano arrivati e altre due ai lati adiacenti. La parete in fondo era bianca. Restarono diversi minuti a riprendere fiato, poi Talia spezzò il silenzio.

«Hugh, dove ti dice di andare l'istinto? Perché il mio mi dice che dovremmo fare l'esatto opposto.»

Hugh la ignorò, fissando la parete immacolata senza uscita. La guardò concentrato, poi aprì il suo blocchetto.

«C'è qualcosa di strano in quella parete» disse.

Subito iniziò a copiare le formule magiche, identificando quelle più importanti.

«Non dovremmo darci una mossa?» disse Sabae.

«Datemi solo un minuto» le rispose Hugh.

Poi sorrise, guardando ora la parete ora i suoi disegni. «Ah ah! Ci troviamo davanti a una porta segreta!»

«Sul serio?» chiese Godrick, entusiasta. «Cela un tesoro? Il mio pa' ha discoperto il suo martello incantato proprio nel nabisso del labirinto.»

Hugh tirò fuori il gessetto. «Scopriamolo subito.»

Gli ci vollero altri dieci minuti prima che finisse di modificare le formule magiche con il gesso. La porta segreta era tenuta chiusa da una formula magica che funzionava quasi come una protezione. Sembrava che per aprirla si dovesse risolvere… una specie di indovinello, ma Hugh era in grado di aggirarlo.

Quando disegnò l'ultima linea, la protezione e i segni con il gessetto si illuminarono. La parte circolare in mezzo alla parete parve… dissolversi.

Hugh fu il primo a varcare la soglia, senza curarsi di far passare prima Sabae o Godrick. Era un tantino ossessionato dai tesori nascosti, per usare un eufemismo. Era arrivato al centro della nuova stanza, quando qualcuno entrò dalla porta dall'altro lato.

Rhodes.

Rhodes e Hugh si bloccarono, fissandosi sorpresi l'un l'altro, mentre le loro rispettive squadre li seguivano all'interno.

Rhodes in battaglia era molto più intimidatorio del solito. Indossava una sottile maglia di ferro, una specie di fascia coperta di gioielli scintillanti e formule magiche, e una lancia con una lunga punta di metallo gli si librava accanto. Non sembrava incantata, quindi Hugh immaginò che Rhodes la tenesse in quel modo con la sua affinità, o almeno una delle sue affinità.

Con lui c'erano anche i due gemelli con i capelli azzurri e un ragazzo che aveva sulle braccia delle brillanti strisce viola di energia. I gemelli lanciavano incantesimi luminosi.

Per un istante nessuno parlò, poi fu Rhodes a spezzare il silenzio.

«Bene, bene, bene, guarda un po' chi abbiamo qui. Un inutile pastore, le sue due puttane e una stupida bestia.»

Hugh divenne paonazzo. Talia fece un passo avanti, ringhiando, ma fu Sabae a parlare.

«Fai sul serio? Non ti vengono in mente insulti migliori? Dovrò darti… un bel 4.»

Hugh la guardò sbalordito.

«Che noia con questo pastore di qua e pastore di là, ma poi chiamare noi due puttane… Non ci degni neanche di uno sforzo in più? E invece Godrick sarebbe la stupida bestia? Dovresti vedere i suoi compiti, spesso è proprio lui che ci aiuta.»

Rhodes la guardò confuso. Sabae gli rivolse un sorriso crudele.

«Senza offesa per Hugh o Talia, ma non ci vuole molto per farli arrabbiare» continuò Sabae.

«Soprattutto Talia» mormorò Godrick. Lei gli diede un calcio sullo stinco.

«Quindi, se vuoi scusarci, dobbiamo andare. Abbiamo una prova da finire» Sabae si girò per andar via.

«Non andate da nessuna parte senza il mio permesso!» sbottò Rhodes.

«Sei serio?» chiese Sabae.

«Sì, serissimo!» esclamò Rhodes.

«No, intendevo che cominci a diventare sempre più noioso e scontato. A questo punto devo pensare che tu faccia affidamento più sulla tua posizione che sulla tua perspicacia.»

Hugh, sconvolto, fissò Sabae a bocca aperta. Sentì che sul suo volto cominciava ad abbozzarsi un sorriso.

«E voi, bellimbusti, che pensate? Parlo con te, con i capelli azzurri. Gli insulti di Rhodes vi hanno colpito?»

I gemelli, non sapendo a chi si riferisse Sabae, si scambiarono un'occhiata, confusi. Rhodes, che si trovava davanti a loro, non poteva vederli e scambiò il loro silenzio per una critica ai suoi insulti. Così si fece rosso come un pomodoro.

«Non...» tentò di dire Rhodes, ma Sabae lo interruppe.

«Volevi dirmi che non posso rivolgermi a te in questo modo? Al che io ti avrei risposto che l'ho appena fatto, e quindi poi tu mi avresti chiesto come ho osato, e così via. Saltiamo questo passaggio, se non ti spiace. Abbiamo di meglio da fare.»

Talia scoppiò a ridere. Rhodes la fulminò con lo sguardo.

«Maledetta...»

«Stavi per chiamarla maledetta selvaggia, Rhodes?» fece Hugh. «O magari strega pel di carota? Sabae ha ragione, sei piuttosto prevedibile.»

Hugh si sconvolse per il proprio coraggio. Magari non avrebbe potuto affrontarlo per conto suo, ma... se prima era sempre solo davanti a lui, ormai c'erano i suoi amici a guardargli le spalle.

Quella volta, costasse quel che costasse, non avrebbe permesso a quel riccone da strapazzo di calpestarlo.

Hugh non l'aveva mai visto tanto arrabbiato. La gemella lo sfiorò.

«Lascia perdere, non ne vale la pena.»

Rhodes allontanò la sua mano e sbraitò: «Tu… tu… inutile…». Sembrava che la testa potesse esplodergli da un momento all'altro.

Quando la sua lancia si librò in aria puntando su di loro, Hugh si chiese se forse non avessero esagerato.

La lancia attraversò la stanza in un batter d'occhio, ma si fermò a un palmo di naso dalla faccia di Hugh. Rhodes urlò, ma la lancia non si mosse di un millimetro.

Hugh si girò e vide Godrick sotto tensione. Era riuscito a usare la sua affinità con l'acciaio per fermare la lancia giusto in tempo. Godrick si contorceva in una smorfia sempre più tesa, e Hugh per un attimo temette che avrebbe perso quello scontro.

Invece, la lancia si allontanò di qualche centimetro.

Lenta ma decisa, indietreggiò dall'altro lato della stanza. A metà percorso, si capovolse, con la punta rivolta verso Rhodes.

E poi successe tutto molto in fretta. Rhodes si abbassò e lasciò che Godrick avesse la meglio sulla lancia, che si schiantò sulla parete alle sue spalle. Quasi nello stesso istante, Rhodes scagliò un fulmine contro di loro. Hugh era convinto di ridursi in poltiglia come gli imp di poco prima.

Ma Sabae lo afferrò.

La fissarono tutti per un momento, sconvolti, mentre stritolava il fulmine tra le dita. Hugh vedeva che la sua pelle si stava ustionando. Poi, con un colpo secco, Sabae lo scagliò al centro della stanza.

A quel punto Hugh notò una cosa che avrebbe dovuto notare ben prima.

Sul pavimento non c'erano formule magiche.

Quando il fulmine toccò terra, il pavimento si frantumò.

Hugh cadde giù.

Capitolo 36

La caduta

Hugh nella caduta non pensò a niente, se non a creare un incantesimo il più in fretta possibile con l'occhio della mente. Usò la base magica più potente che conoscesse. Aggiunse in quattro e quattr'otto le linee definitive e di mira, poi una serie di linee modificatrici che gli avrebbero consentito di lanciare l'incantesimo prima a bassa potenza e poi farla aumentare, invece di usarla tutta in una volta sola.

Nel frattempo, cercava di orientare la caduta per potersi concentrare sul terreno. Riuscì a rallentarla quel tanto sufficiente a illuminare il fondo con un incantesimo luminoso, e poi subito attivò l'incantesimo che aveva costruito.

Hugh sentiva il mana fuoriuscire dalle sue riserve come mai prima di allora, e poi finalmente rallentò. Si fermò quasi del tutto, poi i suoi piedi toccarono delicatamente terra. Si guardò intorno in preda al panico, e sospirò nel vedere i suoi amici che toccavano terra con la stessa morbidezza. L'incantesimo aveva funzionato. Hugh si sentì magicamente prosciugato. Impedire che quattro persone si schiantassero a terra era ben al di là della potenza che un incantesimo basilare potesse incanalare.

No, sei persone. C'erano anche Rhodes e il gemello.

Hugh si preparò a continuare lo scontro, quando vide Sabae accasciarsi a terra. Godrick riuscì ad afferrarla prima che cadesse.

«Sto bene» disse Sabae. «Solo… mi ha prosciugata.»

«Hai impalmato un fulmine a mani nude! È stato soprordinario!» esclamò Godrick.

Talia si avvicinò a Rhodes. «Ha preso il *suo* fulmine. Che problemi hai, Charax?»

Rhodes si guardò attorno, in preda al panico. «Siamo sotto il livello superiore! Non dovremmo essere qui. Non dovremmo sul serio essere qui.»

Hugh sbarrò gli occhi, poi si guardò intorno. Si trovavano in una stanza cilindrica che dava verso l'alto. Sbirciando in su, intravide una luce dove si trovavano gli altri due membri della squadra di Rhodes. Poi qualcosa precipitò giù scintillando.

La lancia di Rhodes.

Hugh cercò in fretta nel marsupio la fionda e le pietre protettive, ma a Rhodes ormai non interessava più lottare contro di loro. Strinse la lancia, così come il gemello. Con un soffio di vento che fece indietreggiare Hugh, si scagliò in aria assieme al compagno di squadra.

«Un futuro ammazzadraghi coraggiosissimo, direi» commentò secca Talia.

«Quindi ha anche un'affinità con il vento» fece Hugh «oltre a quella con il fulmine e l'acciaio.»

«Non possiede un'affinità con l'acciaio» disse Godrick. «Ma con il legno. Faceva pressione sull'asta della lancia, non sulla punta. Ecco perché l'ho vittoriato.»

«Ha ragione, però» disse Sabae. «Non dovremmo affatto essere qui.»

Sopra, le luci incantate della squadra di Rhodes erano scomparse.

«Se aspettiamo qui, magari avvertiranno gli insegnanti come consigliato» disse Hugh.

Talia lo guardò e ridacchiò.

Hugh sospirò. «Vero, non contiamoci proprio.»

«Avete ragione a preoccuparvi» disse una voce nell'ombra. Hugh si girò verso una delle entrate. Mentre lo faceva, una sagoma enorme uscì dall'oscurità del corridoio. E continuò a uscire e a uscire. «Sembrate piuttosto capaci per la vostra età. La maggior parte degli studenti sarebbe morta con quella caduta, ma non tu, giovane stregone. Tuttavia, quest'abisso è troppo pericoloso per degli apprendisti.»

La sagoma, alta quasi cinque metri, si mostrò alla luce.

Hugh sussultò, avvertendo reazioni simili nei suoi compagni.

Era un demone.

CAPITOLO 37

IL DEMONE

IL DEMONE, con grande stupore generale, assomigliava agli imp incontrati al livello superiore. Aveva una faccia da pipistrello, protuberanze pelose su tutto il corpo e braccia di una grandezza sproporzionata con artigli aguzzi. Inoltre, aveva anche una lunga e glabra coda prensile con un pungiglione. Dalla punta sgocciolava una specie di icore nero, che faceva sfrigolare il terreno. La sua caratteristica principale, però, era la pancia. Sporgeva grottescamente, e la pelle trasparente lasciava vedere l'intestino. Faceva pensare a una moltitudine di girini contorti.

«Non aver paura, Hugh. Non ho intenzione di farti del male.» Il demone gli rivolse un sorriso con cui forse voleva rassicurarlo, ma le zanne che sbucarono fuori produssero l'effetto contrario.

«Come sai il mio nome?» domandò Hugh.

«Osservo da vicino l'Accademia sopra di me, Hugh» gli rispose il demone. «Chiamami pure Bakori. È solo una parte del mio nome, ma il resto sarebbe… difficile da pronunciare per te.»

Hugh indietreggiò verso gli altri. «Che cosa vuoi?»

«Voglio aiutarti. Non serbo alcun rancore verso l'Accademia o i suoi residenti, malgrado la loro… antipatia nei confronti della mia stirpe. Oh, a proposito, dovrei scusarmi per il comportamento dei miei piccoli. Gli imp non sono… esseri molto educati o intelligenti.»

«Aiutarlo come?» chiese Talia, insospettita.

Bakori le lanciò un'occhiata, poi si rivolse di nuovo a Hugh. «Offrendogli il potere che gli serve per salvare i suoi amici.»

Hugh fu sfiorato da un sospetto. «Vuoi che stringa un patto da stregone con te.»

«Sì, per dirla in parole povere. Questi livelli sono estremamente pericolosi, ed è improbabile che ne uscirete vivi. So quanto sono importanti i tuoi amici per te, Hugh, e sono disposto ad aiutarti a salvarli.» Bakori sorrise di nuovo.

«E che succede se rifiuto? Ci mangi?» chiese Hugh.

Bakori si finse ferito. «Mi offende che tu abbia così poca stima di me. Un ulteriore esempio del disprezzo che nutrite per noi. No. Se rifiuti, semplicemente ti lascerò andare per la tua strada.»

Hugh stava per rifiutare la sua offerta su due piedi, ma si fermò. Dopotutto Bakori... non si sbagliava. Alustin e gli altri insegnanti avevano insistito ancora e ancora su quanto i livelli inferiori fossero pericolosi per gli apprendisti, sottolineando quanti studenti fossero morti solo al secondo livello. E quello... be', sembrava trovarsi ancora più giù.

«A che livello ci troviamo?» chiese Hugh, temporeggiando.

«Il sesto» rispose Bakori.

Hugh si mise a riflettere, mentre Bakori aspettava paziente. Il sesto livello era perfino più in basso di quanto si aspettasse. La maggior parte degli avventurieri che visitavano Skyhold di rado era arrivata fin lì senza un'intensa preparazione. Quante possibilità avevano lui e i suoi amici di farcela?

«Be', giovane stregone, qual è la tua decisione?»

Hugh fece per reagire, con la paura di compiere la scelta sbagliata, quando Talia rispose al posto suo: «Non lo farà».

Sabae fece allo stesso tempo: «Hugh è troppo buono per stringere un patto con un demone».

E poi fu il turno di Godrick: «Discopriremo un modo per tornare al di sopra per conto nostro».

Bakori li guardò tutti e tre. Per un breve istante, il suo viso fu attraversato dalla collera, ma poi si rivolse ancora a Hugh.

«Sei d'accordo con loro, giovane stregone?»

Hugh all'inizio rimase senza voce. Sperava di prendere la giusta decisione. Deglutì, poi disse: «Certo».

Bakori lo fissò inespressivo. «Molto bene. Vi lascio soli.» Si girò per andarsene, ma poi si fermò. «Se dovessi cambiare idea,

Hugh, ti basterà chiamare il mio nome tre volte di fila e desiderarmi accanto a te, e io verrò, a prescindere dal pericolo in cui ti troverai. Non offro solo potere, ma anche amicizia.»

Con quelle parole, Bakori si accovacciò per entrare di nuovo nel tunnel, e scomparve.

Capitolo 38

E adesso?

«Quindi cosa facciamo adesso?» chiese Sabae. Era riuscita a rimettersi in piedi e si era in parte ripresa dal fulmine di Rhodes.

«Troviamo il modo di tornare su» disse Talia, senza staccare gli occhi dal tunnel in cui era sparito Bakori.

«E come si fa?» chiese Hugh.

«Restando assieme» rispose Godrick «e rimanendo inorecchiti.»

«Svigniamocela, prima che quel demone cambi idea e ci mangi» disse Talia.

«Non ci mangerà» fece Hugh.

«Come lo sai?» domandò Talia.

«Perché vuole che firmi quel contratto con lui. Vuole qualcosa da me, e non si arrenderà finché non l'avrà ottenuto.»

Restarono tutti in silenzio per un po'.

«Potremmo risalire da qui?» chiese Sabae.

Godrick si avvicinò alla parete. «Potrei provare a dare alla pietra la foggia di una scala.»

Tese una mano verso la pietra. Ci fu un lampo, e lui tirò indietro la mano, imprecando. «Questa dannata pietra mi ha sbollentato!»

Hugh si avvicinò alla parete per guardare meglio le formule magiche. Erano assai diverse da quelle che aveva visto al livello superiore: erano costruite in modo da incanalare un'enorme quantità di mana. Ed erano anche unidirezionali: il mana si muoveva solo verso l'alto.

«Penso sia una specie di condotto di mana» disse Hugh. «Mi sono chiesto se il labirinto assorbisse o rilasciasse mana, a quanto pare lo rilascia.»

«Forse più che imparare, dovremmo concentrarci sullo smammare da qui, no?» disse Talia. «Godrick può modificare la struttura della pietra o è pericoloso?»

«È pericolosissimo» rispose Hugh. «Se avesse provato a modificarla più di quanto ha fatto probabilmente sarebbe stato incenerito dal mana.»

Godrick impallidì.

«Be', e tu… non puoi chiudere il condotto?» chiese Sabae.

Hugh scosse deciso la testa. «È molto al di sopra delle mie capacità al momento.»

«Diamoci una mossa, allora» disse Talia.

Gli altri annuirono.

Hugh guardò un'ultima volta l'uscita presa da Bakori, poi si girò verso i suoi amici.

Capitolo 39

Attraverso gli abissi

Il sesto livello del labirinto presentava delle somiglianze con il primo: i tunnel erano della stessa dimensione e le formule magiche ricoprivano quasi tutte le superfici. C'erano, però, anche parecchie differenze. I tunnel erano più tondeggianti che squadrati, ma soprattutto si sentiva un rumore costante.

Se al primo livello regnava un silenzio quasi tombale, nel sesto… be', c'era un continuo fragore. Per qualche strana ragione soffiava il vento, che si portava dietro altri rumori: cinguettii, passi, ringhi e stridori meccanici. I quattro si strinsero gli uni agli altri, avanzando piano lungo i corridoi del labirinto. Nessuno parlava. Un paio di volte Hugh pensò di aver visto qualcosa che si muoveva al di là della luce del suo incantesimo, ma, guardando più da vicino, non c'era mai niente.

Nessuno di loro conosceva la struttura di quel livello, l'unico che avessero studiato era il primo. Nessuno studente si era mai inoltrato tanto lontano. Per sicurezza, avanzarono molto lentamente, reprimendo il desiderio di darsela a gambe levate da quel postaccio. Imbattersi in una trappola laggiù poteva costare loro la vita.

Era da un'ora che attraversavano un corridoio dopo l'altro, quando notarono un ambiente diverso.

La stanza in cui si ritrovarono era ampia quasi quanto la Grande Sala del Selezionamento. Il soffitto non era così alto, ma dava maggiore respiro rispetto alle gallerie.

E, soprattutto, c'era un tunnel che portava al livello superiore.

Delle statue di pietra rappresentavano l'altra peculiarità. Erano ovunque: statue di cavalieri, gargolle, tori e molto altro. Invece che del granito delle pareti, erano di marmo.

Hugh indicò il tunnel in alto. «Scommetto che quello si trova al quinto livello.»

Talia imprecò. «E come ci arriviamo? Mettiamo le statue una sopra l'altra?»

Godrick si avvicinò alla parete. «Potrei provare a dare alla pietra la foggia di una scala, ma ci potrei impiegare un lustro.»

Hugh diede un'occhiata alle formule magiche sulle pareti. «Credo che queste pareti non reagirebbero come quelle di prima, quindi non penso che correresti rischi.»

«Preferirei aspettare qui e avere un modo sicuro per salire che continuare a girare e imbatterci in potenziali mostri» disse Sabae.

Godrick annuì e si avvicinò alla parete. Tese una mano e la pietra iniziò piano a rimodellarsi come stucco tra le sue mani.

Purtroppo, quella non fu l'unica pietra che si mosse. Le statue tutt'intorno a loro cominciarono a scricchiolare e a spostarsi, girando di scatto le teste verso gli apprendisti.

«Merda di capra in un cestino da picnic!» esclamò Talia.

«Dovremmo fuggire?» chiese Hugh.

Godrick tornò da loro, con il martello pronto, mentre venivano accerchiati dalle statue. «Possiamo sempre guerreggiare per sgombrare il campo» disse.

Sabae scosse la testa. «Non penso che troveremo un modo migliore di questo per salire. Torna alla scala, le terremo a bada noi fin quando non hai finito.»

Sabae contrasse i pugni, si diresse verso la statua più vicina, un cavaliere corazzato, e sferrò un gancio maestrale.

Quello dondolò un po' all'indietro, ma poi continuò la sua avanzata. Sabae arretrò di scatto giusto in tempo per evitare la spada della statua che puntava verso di lei. Hugh rabbrividì al pensiero di quello che avrebbe potuto farle quella lama massiccia.

«Sono troppo pesanti per ribaltarle con il vento» disse Sabae.

Talia sorrise. «Tocca a me.»

Lanciò una serie di dardi di fuoco onirico verso la stessa statua. L'effetto questa volta fu molto più evidente. Il primo dardo le spaccò il petto. Il secondo le portò via una parte del viso. Il terzo le ridusse in frantumi la spada, e il quarto... il quarto le diede fuoco. Dal marmo in fiamme si alzò un fetido velo di fumo, e il cavaliere crollò a terra.

«Beccati questo, mostro senza faccia» ridacchiò Talia.

«Ok… adesso ce ne manca solo qualche altra decina» precisò Hugh. Lanciò uno sguardo a Godrick. Gli scalini salivano ormai fino a un paio di metri di altezza.

Talia bombardò le altre statue con il fuoco onirico, ma, nonostante quelle si muovessero molto lentamente, per abbatterne una erano necessarie diverse frecce infuocate, così ben presto si ritrovarono circondati. Era impossibile che Talia riuscisse a tenere loro testa da sola.

Hugh tirò fuori la fionda e una pietra protettiva. Con un respiro profondo, tirò la corda e lanciò la pietra verso una statua scolpita con le fattezze di un'anziana donna. La statua cadde a terra, con una parte della mandibola mancante. Tuttavia, le statue intorno erano rimaste intonse, e a Hugh restavano solo tre pietre protettive. D'un tratto la statua si rimise in piedi.

«Qualcuno ha un piano?»

«Ci penso io» urlò Godrick dall'alto.

«Non puoi farli fuori tutti, e non in tempo utile» gli rispose con un grido Sabae. «Continua a occuparti della scala.»

Talia fece una pausa, senza fiato.

«C'è una cosa che volevo provare da tempo» disse la ragazza.

Parve concentrarsi, e poi una leggera fiamma di fuoco onirico le illuminò il dito. La usò per creare un semicerchio davanti a loro: se qualcosa lo attraversava, veniva lambito dal fuoco onirico.

Talia fece spegnere il fuoco sul suo dito e si concentrò sul semicerchio infuocato. Le fiamme tra il viola e il verde guizzavano sempre più in alto, mentre la linea che lo tratteggiava si allargò di quasi un metro.

«Non posso tenerlo in piedi per sempre» disse Talia «quindi sbrigati, Godrick.»

Le statue continuavano ad avanzare verso la barriera di fuoco onirico, i loro contorni si offuscavano e si contorcevano, e alla luce delle fiamme sui loro volti comparve una parvenza di vita che prima non avevano.

La prima statua, un corpulento lottatore in perizoma, raggiunse il bordo della barriera di fuoco onirico. Fece una pausa, guardandosi intorno e muovendo piano la testa da un lato all'altro. Poi mosse un passo ponderato in avanti. A quel punto, il fuoco onirico crepitò verso l'alto, e la statua iniziò a sciogliersi, anche se le sue gocce andarono verso l'alto.

A metà della barriera, crollò e fu divorata dalle fiamme. Talia ormai era in un bagno di sudore. Quasi tutte le statue avevano raggiunto il bordo della barriera, ma rimasero ad aspettare che il fuoco si spegnesse.

Poi un grande toro cercò di attraversarlo. Il fuoco onirico lo frantumò prima che arrivasse a metà strada. Il viso di Talia era ricoperto da gocce di sudore.

«Sbrigati, Godrick» urlò Hugh.

Sempre più statue provavano ad attraversare la barriera, ma furono tutte distrutte dal fuoco onirico. Alla sesta statua, Talia cadde su un ginocchio. I tatuaggi le brillavano.

Una statua riuscì a spuntarla.

La scimmia di pietra andava a fuoco, ma non era ancora crollata. Si diresse a grandi passi verso Talia. Hugh fece per prendere un'altra pietra protettiva, ma Sabae fu più rapida. Le diede un pugno in mezzo al petto, e il vento scaturito dal colpo si insinuò tra le crepe e alimentò il fuoco onirico, che finì di divorarla.

La scimmia esplose, scagliando frammenti di pietra ardente tutt'intorno. Da quelle schegge presero fuoco molte altre statue.

Hugh lanciò un'occhiata a Godrick. Aveva superato la metà della parete. Un altro paio di minuti e avrebbe finito, o almeno era quello che sperava Hugh. Godrick aveva un aspetto inquietante alla luce del fuoco onirico, anche se non tanto quanto le statue.

Un altro paio di esse superò la barriera. Una, un'immensa tartaruga di pietra, crollò subito dopo; l'altra, una gorgone (i cui capelli di serpenti – con grade sollievo di Hugh – non si muovevano per conto loro), era divorata dalle fiamme, e fu fatta a pezzi da Sabae proprio come la scimmia di prima.

Stavano bruciando diverse statue ormai, mentre il fuoco onirico si propagava tutt'intorno, ma alcune continuavano a farsi avanti. Talia non ce la faceva più, e Hugh corse da lei per reggerla e non lasciarla cadere a terra. I tatuaggi le brillavano con una tale intensità da proiettare delle ombre.

«Ho quasi ultimato» urlò Godrick. «Conducetevi su.»

Hugh aiutò Talia a rimettersi in piedi. A volte dimenticava quanto fosse piccola, vista la sua grande personalità. L'accompagnò verso la scala.

Diverse altre statue superarono la barriera, sul punto di estinguersi.

«Talia, sali!» Hugh in pratica la sollevò sulla scala. Mentre lei cominciava a salire lentamente, il fuoco onirico della barriera si spense con un ultimo bagliore, lasciando una fossa di una trentina di centimetri nella sua mezza luna. Nello stesso istante i tatuaggi di Talia videro affievolirsi la loro luminosità. Le statue che andavano già a fuoco continuarono a bruciare, ma quelle che prima avevano esitato ad attraversare la barriera avevano preso ad avanzare verso gli studenti.

Sabae fece a pezzi un'altra statua in fiamme con un gancio maestrale, mentre Hugh saliva la scala dietro Talia.

«Sabae, forza!» la chiamò lui.

Sabae lanciò un ultimo gancio, che non servì a niente, e si affrettò verso la scala. Godrick già si trovava nel tunnel al di sopra, e stava aiutando Talia a salire.

Hugh era a metà strada quando sentì l'urlo di Sabae. Guardando in basso, vide che una delle statue, un giudice bendato, l'aveva afferrata per la caviglia. Hugh si affrettò a prendere le pietre protettive che gli rimanevano, ma l'enorme martello di Godrick si piantò dritto nel viso della statua. Le frantumò la testa, così quella lasciò andare la caviglia di Sabae e cadde a terra.

Hugh fece un sospiro di sollievo quando vide che Sabae aveva ripreso la salita, ma quella tregua durò poco: un altro cavaliere di pietra si affrettò sulla scala. A quel punto il giudice decapitato si rialzò e cominciò a risalire anche lui.

«Sbrigati, Sabae!» urlò Hugh, e riprese ad avanzare. Una volta arrivato in cima, Godrick lo tirò nel tunnel. Hugh cadde a terra, e Godrick passò a Sabae. Talia si trovava già lì.

«Penso di essermi rotta la caviglia» disse Sabae. Godrick gliela guardò, ma Hugh scattò e lo afferrò per la spalla.

«Salgono ancora la scala?» gli chiese, avvicinandosi al bordo del tunnel. Guardò in basso e vide il cavaliere a pochi metri di distanza. «Godrick, stanno salendo la scala.»

Godrick si avvicinò al bordo e sorrise. «Ci ho già cogitato. Abbatterla sarà facillimo rispetto sua costruzione.»

Godrick batté i piedi a terra, e gli scalini si sgretolarono uno dopo l'altro, portandosi dietro diverse statue. Un paio di loro si frantumarono a terra, ma molte si salvarono.

Godrick si abbassò e richiamò il suo martello con grande sforzo. Quello cominciò a sollevarsi, ma una statua particolarmente obesa lo prese per il manico cercando di tirarlo in basso. Godrick digrignò i denti per la fatica, continuando a lottare per il suo martello. Sembrava che stesse per esaurire tutto il mana, quando un dardo di fuoco onirico colpì la statua sulla spalla, mandandola in frantumi. Il martello subito volò tra le mani di Godrick, facendolo quasi cadere all'indietro. La mano della statua ancora lo stringeva, e Godrick la staccò disgustato.

Hugh si appoggiò alla parete del tunnel, senza fiato. In un modo o nell'altro, ce l'avevano fatta.

CAPITOLO 40

IL QUINTO LIVELLO

NESSUNO SI MOSSE per diversi minuti. L'unica luce proveniva dal basso dalle statue in fiamme, e il buio cominciava ad avvolgerli. Alla fine, Hugh si alzò e lanciò un incantesimo luminoso. Si guardò attorno.

I tunnel del quinto livello erano completamente diversi da quelli del primo e del sesto. Non erano fatti di granito levigato, ma di arenaria grezza, ed erano così bassi che Godrick ci stava a stento in piedi. Le immancabili formule magiche non erano incise sulle pareti, ma dipinte con una scialba pittura bianca. Hugh, però, pensò che probabilmente non erano poi così fragili come sembrava.

Il quinto livello non era silenzioso quanto il primo, ma sicuramente più del sesto. La maggior parte del rumore, comunque, proveniva dalla stanza con le statue.

Godrick si stava occupando della caviglia di Sabae. Non sapevano se fosse rotta o solo malamente slogata, così Godrick preferì ingessarle il piede nella pietra e costruirle anche una stampella.

«Così sarò lentissima» disse Sabae.

«Dobbiamo svicolare da altre battaglie» suggerì Godrick.

Nessuno rispose. Hugh dubitava che gli altri pensassero che fosse sul serio possibile evitarle. Talia rimaneva sveglia a stento, dopo tutto il mana che aveva usato. Per quanto l'Etere fosse carico laggiù, ci sarebbe comunque voluto un po' prima che le sue riserve si riempissero di nuovo.

«Non dovrebbe esserci dell'arenaria qui dabbasso» disse Godrick. «La montagna è un sovraggrande pezzo di granito.»

«È un labirinto» rispose Sabae, come se fosse sufficiente a spiegare tutto.

E forse, in effetti, aveva ragione.

Hugh lanciò uno sguardo nella galleria, e quasi urlò per lo spavento. C'era qualcosa laggiù. Dato che non si muoveva, decise di avanzare.

Era uno scheletro umano, con addosso stracci laceri.

Quella volta Hugh urlò per davvero.

Godrick gli corse vicino, ma quando capì abbassò il martello.

«Da quanto se ne sta qui dabbasso, per te?» gli chiese.

«Da parecchio, direi» rispose Hugh.

Fece per girarsi, quando notò uno scintillio. Si accovacciò e vide che proveniva dalla cassa toracica dello scheletro. Estrasse l'oggetto, spolverandolo con la mano.

Era una specie di amuleto, largo quanto il suo pollice, ma lungo circa la metà. Si trattava di una semplice pietra ovale levigata, attaccata a un fermaglio d'argento, da cui partiva una stretta striscia sempre d'argento che circondava il bordo della pietra. Sul fermaglio e la striscia c'erano minuscole formule magiche intricate. Forse un tempo erano tenuti su da uno spago o un cordoncino di cuoio, ma di qualunque cosa si trattasse si era consumata da tempo.

La pietra non brillava e non sembrava particolarmente preziosa. Anzi, era di uno spento rosso aranciato, simile al mattone, con strisce scure sul marrone che si diramavano inclinandosi. Le linee non erano proprio dritte, ma leggermente curve, con degli spazi vuoti fra l'una e l'altra. Sembrava quasi…

«È un labirinto!» esclamò Godrick.

Hugh la girò. Il retro era praticamente uguale, con l'unica differenza che la pietra invece di essere arrotondata si presentava piatta. Dietro al fermaglio c'erano altre formule magiche, che ricoprivano il quarto superiore del retro della pietra.

Hugh e Godrick tornarono dalle altre per mostrare loro la pietra. Nessuno di loro sapeva a cosa servisse, ma erano tutti d'accordo che fosse incantata. Hugh se la infilò nel marsupio.

Prima di ripartire aspettarono un altro quarto d'ora circa. Talia sembrava ancora esausta, Godrick non stava molto meglio e Sabae faceva smorfie di dolore a ogni passo. Hugh era l'unico a stare più o meno bene.

E, nonostante tutti i passi avanti che aveva fatto negli ultimi mesi, era ancora abbastanza inutile.

Uscendo, nessuno si degnò di controllare la stanza delle statue di sotto. Nessuno aveva voglia di farlo.

Quando ripartirono, Hugh si avvicinò a Talia.

«Saremmo morti se non fosse stato per te» le disse.

«Sono sicura che vi sareste inventati qualcosa» rispose Talia.

Hugh scosse la testa. «Il martello di Godrick ha a malapena rallentato quelle cose, mentre Sabae non è riuscita a fare loro neanche un graffio prima che tu le danneggiassi. Il tuo fuoco onirico è davvero, davvero potente, Talia. Un normale mago del fuoco non sarebbe riuscito neanche a fare loro il solletico.»

Talia arrossì un po'.

«Immagino che Alustin sappia quello che fa.» Fu tutto quello che disse.

Poi, nessuno proferì parola. Probabilmente dipendeva anche dal numero crescente di ossa che videro a terra.

Capitolo 41

L'affinità ossea

La maggior parte delle ossa era rotta e frantumata, e poche erano umane. Sembravano piuttosto di mostri. Per non calpestarle, Hugh faceva molta attenzione a dove metteva i piedi. Si fermarono un attimo per decidere sottovoce se tornare indietro, ma nessuno di loro voleva ritrovarsi nella stanza delle statue. Continuarono a cercare un bivio, la strada però continuava a procedere sempre dritta.

Avanzando nel tunnel, i quattro erano sempre più agitati. Godrick, quando andò a sbattere con la testa sul soffitto, neanche imprecò.

Hugh notò suo malgrado degli schizzi marroni secchi qua e là sulla pittura bianca delle formule magiche.

Le ossa erano diventate così numerose che gli venne quasi voglia di tornare indietro e affrontare di nuovo le statue, quando la galleria si aprì su una grande grotta con due uscite. Era così larga che la loro luce incantata non riusciva a illuminare la parete in fondo, e le ossa erano disseminate ovunque. In alcune aree erano raggruppate in montagnole alte diversi centimetri. Dal soffitto e da terra spuntavano stalattiti e stalagmiti.

Hugh osservò entrambe le uscite. Una sembrava la continuazione del loro tunnel, mentre l'altra era ben più larga.

Godrick scrutò nervoso la grotta. «Le stalattiti e le stalagmiti non si formano nell'arenaria» disse.

«È questo a preoccuparti?» fece Talia, irritata.

«C'è qualcosa di erronio» rispose Godrick.

«È il labirinto» ripeté Sabae.

«Penso che dovremmo prendere l'uscita più piccola» propose Hugh. «Quella più grande mi dà una brutta sensazione.»

«Cos'ho detto sul tuo istinto?» fece Talia.

«Lo divino anche me medesimo» disse Godrick.

«Anch'io sono d'accordo: dovremmo evitare l'uscita più grande» concordò Sabae.

«Se la pensate tutti uguale, per me va bene» fece Talia. Diede una ditata a Hugh nello stomaco. «Ma se va a finire male è tutta colpa di Hugh.»

Quando Talia si voltò, Hugh si strofinò di nascosto la pancia.

Erano quasi al centro della grotta, quando sentirono un lontano cinguettio. Proveniva dall'uscita più grande.

«Che cos'è?» chiese Hugh. «Altri imp?»

«Non credo» disse Godrick. «Non sento olezzo di imp. Ma di… molluschi?»

Dal tunnel schizzò fuori uno sciame di piccole cose volanti. Hugh all'inizio pensò che fossero insetti, ma volavano in modo troppo strano.

Talia lanciò diversi dardi di fuoco onirico sullo sciame, ma dopo poco dovette fermarsi. Hugh prese una pietra protettiva, non ebbe il tempo tuttavia di metterla sulla fionda che lo sciame piombò su di loro.

Non erano insetti, ma granchi arancioni con ali da scarabeo. Hugh urlò mentre quelli lo mordevano e pizzicavano, e sentì le grida degli altri.

«Abbassatevi!» esclamò Sabae.

Hugh si accovacciò poco prima che una potente folata di vento lo colpisse, mandandolo a sbattere contro una stalagmite che sbucava da un mucchio di ossa. Mentre il vento imperversava, gli caddero addosso granchi volanti e altre ossa. Stava per essere spinto ancora più lontano, così si aggrappò disperato alla stalagmite. Rischiava a lungo andare di perdere la presa, ma, prima che mollasse, il vento si placò.

Hugh ci mise un po' a rialzarsi. Era pieno di lividi e di pezzettini di granchio. Sabae sembrava esausta, con i palmi premuti uno contro l'altro sulla testa. Godrick era riuscito ad afferrare Talia e a piantare il martello a terra. Guardandosi intorno, sciolse l'incantesimo sulla pietra, che gli liberò il martello.

«In nome dei cento clan, che roba era?» chiese Talia. Incenerì un ultimo granchio volante che era sopravvissuto alla burrasca.

Sabae appariva davvero senza forze. «Liberazione incontrollata dei venti» le rispose. «Il tipo di cose che non dovrei imparare.»

Godrick si annusò la camicia. «Ehi, Hugh, puoi lanciare di nuovo l'incantesimo pulitivo?»

Hugh tolse le interiora di granchio dai loro vestiti, passandoci sopra anche la sfera di vetro per assorbire gli odori. Perlomeno *serviva a qualcosa*, pensò amaramente.

Si stavano per rimettere in marcia, quando qualcos'altro schizzò fuori dalla grande uscita. Era un altro granchio, ma alto due metri e con un guscio largo almeno il doppio. Puntò dritto verso di loro tra i mucchi di ossa.

Talia lanciò un dardo di fuoco onirico, ma si spense ancora prima di raggiungere il granchio. Sabae e Godrick subito passarono all'attacco: attorno ai polsi di Sabae si formarono due vortici di vento e Godrick sollevò il martello.

Per una volta, anche Hugh era pronto. Aveva ancora la mano nel marsupio, dove stava riponendo la sfera di vetro, quindi non ci mise molto prima di tirare fuori una pietra protettiva. Afferrò la fionda e la puntò verso l'alto. Il granchio era corazzato, quindi per ferirlo doveva trovare il suo punto debole…

Eccolo. La bocca. Prima doveva solo aggirare l'apparato boccale.

Con un respiro profondo, prese la mira e poi fece un sospiro. La pietra protettrice volò dritta verso il granchio.

E lo colpì sulla corazza a diversi centimetri dalla bocca.

L'esplosione gli provocò qualche crepa, ma non lo rallentò. Hugh cercò un'altra pietra protettiva, ma, prima che avesse il tempo di tirarla fuori, il mostro si schiantò contro Godrick e Sabae.

Il pugno di Sabae non fece quasi niente al granchio, che la scagliò lontano con la parte posteriore di una chela. Ma con un colpo di vento diretto a terra Sabae riuscì a fermare la caduta.

Il martello di Godrick, invece, gli ammaccò la corazza, e dalle schegge sgocciolò un icore blu.

Purtroppo il granchio non era ancora morto. Lo fece cadere con un altro colpo di chela, e Godrick rotolò in un mucchio d'ossa. Alzò il martello giusto in tempo per bloccare un altro attacco, ma il mostro lo colpì comunque con una zampa. Gli trafisse una gamba, e Godrick urlò, facendo cadere il martello e afferrando la zampa assalitrice.

Il granchio aprì la chela per afferrarlo.

Il tempo parve fermarsi. Hugh era riuscito a trovare, anche se con mani tremanti, una delle due ultime pietre protettrici e stava per tirarla fuori dal marsupio, anche se si muoveva lentissimo, paralizzato com'era dalla tensione.

Vicino a lui, Talia urlò, e i suoi tatuaggi si illuminarono.

E le ossa sotto il granchio presero a crescere.

Sembrava che dalle ossa disseminate a terra stessero avvampando delle fiamme, veloci quasi quanto delle frecce. Le fiamme ossee colpirono la corazza del granchio dal basso, trafiggendolo in più punti e sollevandolo da terra. Godrick fu sollevato a sua volta, ancora attaccato alla zampa del granchio, ma poi la lasciò scivolare via. Cadde a terra urlando di dolore.

Dopo pochi secondi, le ossa smisero di crescere, lasciando il granchio infuriato intrappolato in un'enorme gabbia di ossa. Cominciò ad agitare le chele, colpendo la sua prigione.

Le ossa iniziarono a scheggiarsi, ma non per i colpi delle chele. Partivano da terra e salivano verso l'alto, ed erano *incandescenti*, come le braci di un focolare.

«Portiamo Godrick fuori di qui» disse Talia, e svenne.

Hugh fece un passo verso di lei, poi però corse da Godrick. Lo aiutò ad alzarsi, facendolo appoggiare sulla gamba sana e, seppur zoppicando, il ragazzone riuscì ad allontanarsi da lì. Hugh sentiva il calore della gabbia ossea infuocata, tanto che ebbe l'impressione di trovarsi vicino a una fornace.

«Infila la porta» disse Godrick. «Io la spunterò.»

Hugh lo ignorò, continuando ad aiutarlo ad avanzare.

«Hugh, io...» fece Godrick.

«No» lo interruppe Hugh, e continuò a sorreggerlo. Il calore era così forte da fare quasi male, e alle loro spalle si sentì un assordante crepitio.

Godrick si girò a guardare. «Abbassati» urlò, e lo placcò a terra.

Giusto in tempo: la gabbia di ossa esplose in un boato.

CAPITOLO 42

L'AFFINITÀ CURATIVA

ANCHE SE PROTETTO da Godrick, Hugh sentì una violenta ondata di calore e pressione e diverse schegge di ossa tagliargli la pelle del braccio. Per un momento perse i sensi, e quando rinvenne dal cielo cadevano ancora schegge e pezzetti di granchio.

«Puoi alzarti adesso, Godrick» disse.

L'amico non disse niente.

«Godrick?»

Spaventato, Hugh riuscì a divincolarsi da sotto di lui. Quando vide la sua schiena, sussultò.

La sua camicia era completamente bruciata e dalla pelle gli spuntavano diverse schegge di ossa, compresa una lunga almeno quindici centimetri, che lo perforava di chissà quanto. Aveva la pelle della schiena tutta ustionata, carbonizzata a tratti.

Hugh temette per un attimo che fosse morto, ma poi vide che si muoveva, e tirò un sospiro di sollievo.

«NO!» Sabae zoppicò verso Godrick il più in fretta possibile, e si inginocchiò accanto a lui.

«È ancora vivo, ma non so quanto possa reggere» disse Hugh preoccupato.

Sabae piangeva. Tese una mano verso Godrick, ma si fermò prima di toccargli la schiena.

«No» ripeté Sabae, quella volta a bassa voce.

Tese entrambe le mani e gliele piantò sulla schiena. Dopo un respiro profondo, le sue mani cominciarono a *brillare*.

Hugh fece un passo indietro, sconvolto. La schiena di Godrick fu attraversata da linee luminose. Percorse dalla luce, le bruciature svanirono, le schegge furono estratte e le ferite richiuse. Perfino il grande frammento d'osso uscì, rivelando la preoccupante profondità a cui si era conficcato.

Le linee luminose gli attraversarono le gambe, raggruppandosi sulla ferita, che cominciò a ricomporsi.

Poi la luce si spense così come si era accesa, e Sabae cadde all'indietro.

Godrick non era guarito del tutto, ma aveva ripreso a respirare in modo quasi normale. Sanguinava ancora un po', ma sembrava stabile. Sabae si alzò e lanciò a Hugh un'occhiata disperata.

«Avevo detto che non avrei mai usato la mia affinità curativa» disse.

«Hai appena salvato la vita al tuo amico» replicò Hugh. «Non c'è niente di cui tu debba vergognarti.»

«Non importa» disse Sabae. «Tanto moriremo tutti quaggiù in ogni caso.»

Hugh non disse niente. Lanciò un'occhiata a Talia, che si stava risvegliando.

Si sentì ribollire dalla rabbia: non per il granchio, le statue o Rhodes, senza il quale non sarebbero finiti laggiù. No.

Ce l'aveva con se stesso.

Hugh era ancora inutile. Era in grado di disegnare protezioni e lanciare qualche incantesimo, ma quando contava davvero, non era in grado di proteggere né se stesso né i suoi amici.

Si allontanò pestando i piedi. Incanalò più mana nella luce incantata che gli si librava accanto, che divenne così luminosa da essere quasi accecante.

«Hugh?» fece Sabae.

Lui la ignorò e si diresse deciso verso la grande uscita. Fece qualche passo all'interno. Il tunnel dava subito in un'altra grotta più piccola e senza vie di fuga, e non c'era ombra di altri granchi in vita. C'era una pozza d'acqua poco profonda, con dentro delle specie di uova.

Hugh tornò dagli altri.

«Nella grotta laterale non ci sono granchi, e sembra più protetta di questa.»

Talia aveva zoppicato fino a loro.

«Quindi?» mormorò Sabae. «Non usciremo vivi di qui.»

«Mai arrendersi» disse Talia. «Non hai perso se sei ancora in piedi.»

Sabae li guardò, poi si limitò ad annuire.

In tre riuscirono a trasportare Godrick, ancora svenuto, nella grotta laterale. Dopo aver ripulito un angolino dalle ossa per farcelo sdraiare, Talia e Sabae crollarono accanto a lui. All'inizio Hugh pensò di svegliare una delle due per farsi aiutare, ma poi ci ripensò.

Loro tre avevano fatto di tutto per salvarli, mentre Hugh era stato con le mani in mano. Tirò fuori il libro degli incantesimi e si mise all'opera.

Innanzitutto fissò delle luci incantate alle stalattiti e alle stalagmiti, in modo che la grotta fosse ben illuminata.

Ammucchiò le ossa nel punto più stretto dell'entrata della grotta. Gli ci vollero ore, ma alla fine riuscì a costruire una barricata di ossa incastrate all'ingresso. Probabilmente non avrebbe ostacolato creature molto determinate, ma era comunque meglio di niente.

Poi si avvicinò allo stagno. Controllò l'acqua con un semplice incantesimo. Non era pulitissima, ma non li avrebbe avvelenati. Riempì tutte le loro borracce.

Tornò a fissare con occhi stretti le uova di granchio.

Su due piedi un incantesimo gli si formò davanti all'occhio della mente. Era un semplice incantesimo di levitazione, simile ai primi che era riuscito a lanciare, ma di gran lunga più mirato.

Le fece levitare piano sulla riva dello stagno, per evitare di romperle. Poi prese un femore, e le distrusse tutte. Colpì ripetutamente le sfere gelatinose con l'osso, facendosi schizzare addosso le loro interiora maleodoranti.

Dopo un po', il femore si ruppe e Hugh lo buttò a terra. Nonostante il frastuono, gli altri non si erano svegliati.

Hugh ispezionò il luogo, alla ricerca di tesori come l'amuleto che aveva trovato prima sullo scheletro.

Non c'era granché: i granchi non erano particolarmente intelligenti, quindi se ci fosse stato un tesoro, si sarebbe di sicuro trattato di un caso. Trovò qualche moneta d'oro, un pugnale incantato e uno scudo incantato, così malandato che probabilmente non funzionava più.

A quel punto, rinforzò la barricata e creò degli incantesimi protettivi.

Pulì l'icore del granchio rimasta addosso a lui e ai suoi amici, usando la piccola sfera di vetro per rimuovere anche gli odori.

Poi si mise a sedere accanto allo stagno. Si guardò intorno per trovare altro da fare, ma non c'era niente.

Così rimase seduto in quel punto con i suoi pensieri.

Era davvero inutile. Non era riuscito ad aiutare i suoi amici in nessun modo. Le sue pietre protettive erano semplici gingilli che non servivano a niente, soprattutto perché era stato così sciocco da non trovare un modo per prenderle in fretta, infilate com'erano nel marsupio. Quando erano stati attaccati dalle statue non era riuscito a fare niente, e gli altri tre avevano dovuto salvarlo. Quando erano stati attaccati dai granchi, era successa la stessa cosa. Hugh non faceva altro che ostacolare la sua squadra.

Se non fosse stato con loro, non si sarebbero mai ritrovati in quel pasticcio. Rhodes non si sarebbe arrabbiato e non avrebbe iniziato lo scontro, e loro non sarebbero mai precipitati laggiù.

Quando si era presentato il pericolo, i suoi amici avevano tenuto testa alla sfida. Talia aveva usato la sua affinità ossea per la prima volta, pur di salvarli dal granchio. Godrick si era lanciato sull'esplosione per ripararlo. Sabae aveva infranto il giuramento di non usare i suoi poteri curativi per curare Godrick. E Hugh, invece? Era solo una zavorra.

Una vocina cercò di ricordargli del suo incantesimo di levitazione che aveva salvato i suoi amici, ma la ignorò.

Rimase a lungo seduto lì a prendersela con se stesso. Si odiava più di quanto avesse mai odiato la zia, lo zio, i suoi cugini insopportabili, gli insegnanti menefreghisti prima di Alustin, e Rhodes. Il mondo sarebbe stato un posto migliore senza di lui. Niente di buono sarebbe venuto da un mago di Emblin.

La sua rabbia aumentava a dismisura, e Hugh temette che sarebbe esplosa, ma poi, all'improvviso, si limitò a… svanire.

Hugh scoppiò in lacrime.

Capitolo 43

Il contratto

Hugh non sapeva per quanto tempo aveva pianto. Si sentiva vuoto e rotto dentro. I suoi amici sarebbero morti, e non c'era niente che lui potesse fare. Hugh era un'inutile nullità.

Li guardò, poi ridusse gli occhi a due fessure.

No, c'era una cosa che poteva fare.

Camminò in silenzio accanto a loro, ancora addormentati, ma non li svegliò. Prese il libro degli incantesimi e si diresse di nuovo verso lo stagno.

Si sedette sulla riva e fissò per un momento il libro che aveva in grembo, poi guardò lo stagno.

In effetti… era piuttosto bello. Hugh non sapeva da quanto si trovavano nel labirinto, ma probabilmente era passata già un'intera giornata. Era stanco morto. Gli doleva ogni muscolo in corpo, e aveva tagli e lividi ovunque. Aveva perfino una bruciatura sulla mano che non ricordava di essersi procurato.

Nonostante tutti gli orrori del labirinto, lo stagno gli dava pace. Leggere increspature riflettevano la luce del suo incantesimo sul soffitto della grotta, e trascorse molto tempo a guardarne i disegni.

Alla fine, però, fece un respiro profondo e aprì il libro degli incantesimi. Sfogliò lentamente le pagine, leggendo con attenzione gli appunti sulle varie protezioni che aveva costruito nelle poche settimane dopo il suo compleanno. Quando arrivò alle pagine bianche, le sfogliò un po' più velocemente, ma non riusciva ancora a girarle con urgenza.

Alla fine, però, arrivò all'ultima pagina, dove aveva riportato il contratto da stregone dal libro di rituali proibiti.

C'era un modo in cui poteva aiutare i suoi amici, e per farlo avrebbe solo dovuto stringere un patto con un demone.

«Bakori. Bakori. Ba…»

CAPITOLO 44

LE PAGINE DELL'INDICE

PRIMA CHE HUGH potesse pronunciare per la terza volta il nome di Bakori, qualcosa gli sfiorò la mano fuoriuscendo dal libro di incantesimi. La voce gli si bloccò in gola.

Erano solo tre pagine bianche, ma d'un tratto Hugh ebbe un barlume di speranza.

Erano le pagine che aveva strappato dal nodo d'accesso nella Grandiosa Biblioteca.

Hugh tirò fuori le pagine dal retro del libro con mani tremanti. Le fissò, togliendosi dalla testa il contratto da stregone.

Le pagine dell'Indice erano in grado di condurre a qualsiasi libro della biblioteca.

Le pagine avrebbero potuto indicare la via d'uscita dal labirinto a Hugh e i suoi amici.

Hugh frugò disperato alla ricerca di una penna d'oca e di una boccetta d'inchiostro. Le tirò fuori e chiuse il libro di incantesimi, usandolo come ripiano.

Gli tremavano così tanto le mani che fece schizzare l'inchiostro su tutta la pagina. Per un momento non seppe cosa scrivere, poi sorrise.

I 74 usi dello sterco di drago.

Per un momento non successe niente, e Hugh temette che gli si sarebbe fermato il cuore.

All'improvviso, però, la pagina si librò in aria e iniziò a piegarsi. Parve passare un'eternità, ma quand'ebbe finito, davanti a Hugh volteggiava una semplice gru.

La gru sfrecciò sullo stagno, poi tornò indietro, volò sui suoi amici addormentati, e infine fece ritorno da lui.

Poi, con sua grande disperazione, la pagina si dispiegò e atterrò sul libro. Sopra c'erano scritte due brevi frasi.

169

Posizione attuale sconosciuta. Impossibile localizzare il volume richiesto.

Hugh perse ogni speranza. Lanciò da un lato le pagine e tornò a fissare il contratto da stregone.

Avrebbe dovuto immaginarsi che non ci sarebbe stata altra via d'uscita. Non c'erano soluzioni facili per l'inutile Hugh.

Fece un respiro profondo e si preparò a evocare Bakori.

Ma si fermò un'altra volta e portò di nuovo lo sguardo sulle pagine dell'Indice poco lontano sulla riva.

Poi fece scattare ancora gli occhi sul contratto.

Poi ancora sulle pagine.

Un barlume di speranza si riaccese nel cuore di Hugh.

Raccolse in fretta le pagine da terra.

Cos'è che aveva detto Alustin il giorno del Selezionamento, quando aveva svelato a Hugh la sua natura di stregone?

Gli stregoni potevano stringere un patto con qualsiasi essere senziente.

O con qualsiasi essere che avesse la capacità di divenire senziente.

E Alustin aveva spiegato che l'Indice *era* semi-senziente.

Immerse ancora la punta della penna d'oca nell'inchiostro, e l'appoggiò sulla pagina sotto **Impossibile localizzare il volume richiesto.**

Sei ancora in collegamento con il resto dell'Indice?
Io sono l'Indice.
Cioè, questa pagina è ancora collegata con l'Indice?
Sì, anche se alcune funzionalità direzionali sono limitate.

Con un profondo respiro, Hugh portò di nuovo la penna sulla carta.

Vorrei stringere un patto da stregone con te.
La risposta non fu immediata. Hugh aspettò per quella che gli parve un'eternità, anche se probabilmente fu solo una manciata di secondi. Stava perdendo ogni speranza, convinto che fosse solo una perdita di tempo.

Poi, finalmente, apparirono delle nuove parole.

Cos'è che vuoi?

Hugh sorrise.

Voglio stringere un patto da stregone con l'Indice.
Un attimo. Elaborazione della richiesta.

Hugh aspettò impaziente. Ci volle quasi un minuto prima che la pagina rispondesse di nuovo. Le lettere che comparvero erano ancora più larghe e sembravano ancora più vitali. Se Hugh avesse dovuto descrivere cosa provassero quelle lettere, avrebbe detto che sembravano sconvolte.

Perché mai vorresti stringere un patto da stregone con l'Indice?

Sono un apprendista, e sono rimasto intrappolato per sbaglio in uno dei livelli inferiori del labirinto mentre svolgevo la prova finale di quest'anno. I miei compagni di squadra sono feriti ed esausti, e l'unico modo che abbiamo per uscire vivi di qui è che io stringa un patto da stregone per acquisire delle affinità.

...Con chi sto parlando? Cercare di fare scherzi o confondere l'Indice è una grave violazione delle regole della Biblioteca.

Sono Hugh di Emblin. I miei compagni di squadra sono Sabae Kaen Das, Talia del clan Castis e Godrick, figlio di Artur Spaccamuro. Non sto cercando di farti uno scherzo. Siamo intrappolati al quinto livello del labirinto, almeno secondo quello che ci ha detto il demone che ha cercato di stipulare un contratto da stregone con me, e, anche se al momento siamo abbastanza al sicuro, non sappiamo quanto durerà.

...Demone?

È una lunga storia, ma, sì, c'è un demone di nome Bakori che si aggira quaggiù che mi ha offerto la capacità di salvare i miei amici, ma preferirei non stringere un patto con un demone.

Comprensibile. I contratti con i demoni spesso vanno a finire parecchio male.

Hugh cominciava a sospettare che l'Indice fosse un po' più di semi-senziente, come l'aveva definito Alustin.

Questa è… una richiesta estremamente insolita. Dammi un paio di minuti per confermare la tua storia.

Hugh rilassò la schiena e si concesse un sorriso.
Quello non era un no.

Capitolo 45

Il contratto

Ci volle un bel po' di tempo prima che l'Indice rispondesse di nuovo, ma alla fine sulla pagina comparvero altre parole.

La tua storia è stata confermata. È stato riferito che voi quattro siete caduti, ma ogni tentativo di profetizzare dov'eravate è miseramente fallito: niente di anomalo, quando si cerca di localizzare qualcuno nel labirinto. Il tuo stato di stregone è sconosciuto ai più, quindi è improbabile che io stia parlando con qualcun altro che non sia tu.
Quindi firmerai il contratto con me?
In genere avrei detto semplicemente di no, ma in questo caso ritengo che le circostanze lo rendano necessario. Ma prima devo farti una domanda.

Nel leggere quel "no", Hugh temette che gli si sarebbe fermato il cuore, ma subito l'Indice aveva ultimato la frase.

Chiedimi tutto ciò che vuoi.
Perché vuoi stringere un patto con me?
Per salvare i miei amici.

Per un po' non ci furono risposte.

Va bene.

Hugh fece un sospiro di sollievo.
Allora cominciamo subito! Posso…
No. Posso stringere un patto con te, ma non senza prima stabilire i termini contrattuali.

Cioè?

Per un momento non successe niente, poi venne stesa una lunga lista, che continuava anche sull'altra pagina.

I. **Il firmatario di questo contratto conferma di essere Hugh di Emblin. Se una persona diversa da Hugh di Emblin firma questo contratto, il contratto le si ritorcerà contro.**

II. **Hugh di Emblin non metterà consapevolmente in pericolo l'Indice, la Biblioteca o lo staff della Biblioteca, se è evitabile. La violazione di questa clausola renderà il contratto nullo. Violazioni abbastanza gravi potrebbero portare il contratto a ritorcersi contro il firmatario.**

III. **Hugh di Emblin si impegnerà ogni anno a portare almeno un (1) volume da aggiungere al patrimonio della Biblioteca. La Biblioteca non dovrà già essere in possesso di tale volume. Se Hugh di Emblin non adempirà al suo dovere, il contratto sarà considerato nullo. Tuttavia, ci sono delle eccezioni, in caso di necessità: per esempio, se Hugh di Emblin è in viaggio e ha difficoltà a tornare in tempo presso la Biblioteca, oppure è malato, o se si verificano simili circostanze attenuanti.**

Il contratto andò avanti così per un po' di tempo. In tutto, c'erano quasi trenta clausole, che stabilivano i comportamenti ammissibili, i requisiti e altre simili voci. Alla fine c'era una clausola che recitava:

Il mana di Hugh di Emblin si unirà a quello della parte redattrice di questo contratto, in modo che gli vengano concesse le affinità appropriate e il giusto addestramento per usarle.

Hugh mise la punta della penna sulla carta con un sorriso.

Accetto.

Prese la seconda pagina dell'Indice e cominciò a redigere il contratto che aveva copiato nel libro di incantesimi. Disegnò una serie di formule magiche collegate con le clausole sulla prima pagina del contratto, poi collegò il tutto.

L'ultimo passaggio era la firma. Non si doveva per forza scriverla o firmare con il sangue, come avevano affermato alcuni fantasiosi cantastorie. Per firmare bastava che entrambi i contraenti incanalassero il mana nelle due sezioni apposite. In genere entrambi i contraenti dovevano essere fisicamente presenti, ma siccome il contratto era scritto su carta che faceva fisicamente parte dell'Indice, Hugh era sicuro che avrebbe funzionato.

Fece un respiro profondo e tese il dito sul punto che doveva toccare. Poi sulla pagina fu scarabocchiata un'unica parola.

No.

La pagina si sottrasse alla presa di Hugh, volò sullo stagno e prese fuoco. Nel giro di pochi secondi era ridotta in cenere, che si riversò in acqua.

Hugh fissò sconvolto lo stagno, poi le pagine che aveva in mano. Delle parole si stavano scrivendo sulla prima facciata, sotto le clausole.

Le formule magiche di quel contratto sono destinate ai contratti con i demoni. Dove le hai trovate? È stato Bakori, il demone di cui parlavi prima?

Hugh scrisse in fretta la storia su come aveva trovato il volume con gli incantesimi proibiti.

Affascinante, non appare in catalogo. Il libro non dovrebbe trovarsi lì comunque, ma in una sezione molto più sicura. Lasciamo questo mistero a un'altra volta. Data la pericolosità della vostra situazione, dovremmo completare in fretta il contratto. Fornirò io le formule magiche contrattuali. Una volta che il contratto è completo, tu e i tuoi amici dovete RESTARE

LÌ DOVE SIETE. Vi manderò io aiuto. Detto questo, sappi che firmo questo contratto contro ogni buonsenso. Se ci fosse un altro modo per localizzarvi, lo userei, ma firmare un contratto potrebbe essere l'unico modo per trovarvi.

Hugh osservò affascinato la nuova formula magica che si disegnava sull'ultima pagina in suo possesso. Era in gran parte come quella del primo contratto, ma c'erano numerose differenze essenziali, soprattutto nel modo in cui l'energia veniva diretta tra i firmatari. Nel giro di pochi minuti, il nuovo contratto da stregone fu ultimato, e il punto in cui l'Indice doveva apporre la firma magica si illuminò.

Hugh fece un respiro profondo, cercando di placare il proprio cuore impazzito, e premette il dito sulla pagina, poi incanalò il mana.

Attorno a Hugh divenne tutto bianco.

Capitolo 46

Visioni

Hugh sedeva in un vuoto immenso, a circondarlo c'era solo il bianco. Era nudo, in mano aveva soltanto il contratto da stregone e la pagina con le clausole. Aprì la bocca per parlare, ma, prima che riuscisse a proferire parola, le lettere e le formule magiche cominciarono a sradicarsi dalla pagina. Per un attimo si librarono e vorticarono davanti a lui come un nugolo di insetti.

Hugh tese la mano per toccare le lettere, ma, nell'istante in cui ne sfiorò una, questa gli bruciò la pelle e gli lasciò un segno. Hug ritrasse la mano, sibilando.

E poi tutte le lettere e le formule magiche si scagliarono su di lui come frecce.

Lo bruciarono tutte, provocandogli un dolore mai provato prima, e se le sentiva strisciare sottopelle, contorcendosi e attorcigliandosi e riscrivendosi. Credette che il dolore sarebbe durato per sempre, ma poi si fermò.

Hugh ansimò, cosciente a stento. Abbassò lo sguardo e vide che le formule magiche gli si erano tatuate sul petto. Le vesciche e le bolle scomparvero nel nulla. Si sentiva le scritte anche sulla schiena, e in qualche modo sapeva che si trattava delle clausole del contratto.

Lentamente, il contratto tatuato cominciò a svanire, così come il bianco attorno a lui.

Ma non fu sostituito dalla grotta.

Hugh si ritrovò trasportato dalla forte corrente di un fiume. Non riusciva a capire quale fosse l'alto e quale fosse il basso, e fu sballottolato in tutte le direzioni. Gli bruciavano i polmoni, e intanto cercava disperato di nuotare, ma l'acqua si trasformò in un vento che lacerava la pelle, sostituito poi da una soffocante tempesta di sabbia, poi da attorcigliate piante rampicanti, poi…

«Hugh!»

Le visioni si susseguivano senza interruzioni, le potenti forze che lo dilaniavano, inarrestabili, non mantenevano la stessa forma per più di un istante.

«Hugh, svegliati!»

Alla fine, proprio mentre pensava di essere sul punto di soccombere alla corrente, si sentì afferrare per il braccio da una stretta fortissima, che lo tirò fuori di lì.

Svegliati, Hugh. I tuoi amici hanno bisogno di te.

Capitolo 47

Il risveglio

Hugh si svegliò con un sussulto. Si sentiva… diverso. Percepiva le sue riserve di mana come mai prima di allora. C'erano tre nuovi, profondi canali che ne entravano e uscivano. Lui…

Scattò a sedere, ma fu trafitto dal dolore. Si ritrasse, e si rese conto soltanto dopo di aver dato una testata a Talia.

«Hugh! Sei sveglio!» Talia lo placcò di nuovo a terra e lo strinse così forte che Hugh pensò che gli si sarebbero rotte le costole. «Quando ci siamo svegliati tu stavi dormendo, e stavi facendo un incubo. Dal tuo petto brillavano formule magiche, e non siamo riusciti a svegliarti per ore, e…» Talia interruppe l'abbraccio e lo guardò dritto negli occhi, a pochi centimetri di distanza.

Poi gli diede uno schiaffo. Forte, fortissimo.

«In nome dei fantasmi di tutti coloro che sono morti assiderati, che cosa hai combinato? Ci hai fatto prendere un colpo!»

Talia gli diede uno scappellotto, e Hugh alzò il braccio per proteggersi.

Così Talia gli diede un pugno nello stomaco. «Pensavo che ci volessi bene! Perché ci hai fatto preoccupare così, Hugh! Sono…»

Una mano le afferrò il braccio prima che lo colpisse di nuovo. Sabae la prese di peso, la fece girare e la riappoggiò a terra.

«Quello che intende Talia» disse Sabae «è che siamo tutti preoccupati e vorremmo sapere cos'è successo dopo che ci siamo addormentati.»

Sabae gli tese una mano e lo aiutò ad alzarsi. Hugh ebbe modo di guardarsi intorno per la prima volta da quando si era risvegliato. Era ancora nella grotta, accanto allo stagno. Non sapeva quanto tempo fosse passato, però…

A quel punto Sabae lo strinse in un abbraccio, e si rese conto di quanto fosse fisicamente più forte di Talia.

«Non riesco a respirare. Non riesco…»

Sabae lo liberò e, sollevato, Hugh respirò a fondo l'aria fresca della grotta.

«Dov'è la mia abbracciata?» sentì dire a Godrick. Hugh si girò e vide l'amico appoggiato a una stalagmite vicino alla riva. Sorrise, felice di vederlo sveglio, e gli si avvicinò. Ma prima di fare l'ultimo passo si fermò.

«Ti prego, Godrick, non rompermi le costole» gli disse.

«A essere probo, non ritengo di riuscirci proprio ora» gli rispose l'altro.

Hugh si chinò e lo abbracciò. Tenendo fede alle sue parole, Godrick gli diede un abbraccio delicato, almeno per i suoi standard. Hugh era sicuro che gli avesse provocato non più di qualche livido.

Le altre li raggiunsero, e poi si misero tutti a sedere guardando lo stagno.

«Ho firmato un contratto da stregone» rivelò Hugh.

Tutti girarono di scatto la testa verso di lui.

«Perché mai…» iniziò a dire Godrick.

«Non con quel demone?» disse Sabae quasi nello stesso istante.

Talia gli rivolse solo un ringhio inarticolato.

«No, non con lui. L'ho firmato con l'Indice, e l'ho fatto per cercare di salvarvi.»

Restarono tutti zitti per un momento, poi Talia interruppe il silenzio: «CHE COSA HAI FATTO?!».

Gli ci volle parecchio tempo per spiegare quello che era successo, e poi rimasero nuovamente tutti zitti.

«Quali affinità ne hai conseguitato?» chiese Godrick.

«Ehm…» fece Hugh. «Ehm, non lo so, a dire il vero.»

Lo fissarono tutti.

«Non lo sai?» fece Sabae.

«Non ho pensato di chiederlo» le rispose Hugh.

«Non hai pensato di chiederlo?» gli fece eco Sabae.

Hugh non sapeva come controbattere.

«Ehm… credo di averne tre» disse Hugh.

«Be', ehm… non è niente male» fece Godrick.

«Scommetto che hai un'affinità con l'imbecillità pura» disse Talia.

Hugh schivò una gomitata di Talia, che però non si era impegnata più di tanto a colpirlo.

«Allora non ci resta che aspettare» disse Sabae.

«Dopo tutto quello che è successo, per una volta essere paziente non mi dispiace» ammise Talia.

Tutti la guardarono sorpresi.

«So essere paziente se voglio. Che c'è? Smettetela di guardarmi così!»

Capitolo 48

La bestia

Aspettarono per ore e ore senza che succedesse nulla. Parlarono quasi tutto il tempo: di Talia e di come avesse imparato a usare da sola l'affinità ossea, della decisione riluttante di Sabae di studiare adeguatamente l'affinità curativa e del desiderio di Godrick di diventare presto un mago completo per non essere mai più tanto vulnerabile.

Hugh diede a Talia il pugnale incantato e a Sabae lo scudo (anche se forse non funzionava). Si scusò con Godrick perché non aveva niente da regalargli, ma lui con una risata disse che non c'erano problemi.

Alla fine Hugh trovò il coraggio di confessare quello che ormai gli frullava in testa da un po'.

«Mi dispiace di essere stato un peso» disse. «Se avessi stretto un patto prima, magari avrei potuto aiutarvi di più nei tunnel, invece di essere soltanto un peso inutile.»

Tutti lo fissarono, e poi Talia gli diede l'ennesimo schiaffo, ma quella volta molto più forte.

«Non sei un peso, razza di idiota!» disse.

Hugh si sfregò la guancia. «Non sono stato in grado di aiutarvi come avrei dovuto, e magari non vi sareste fatti male se io...»

«Talia ha ragione: sei davvero un idiota» lo interruppe Sabae. «Non sei affatto un peso. Se non fosse stato per le tue pietre protettrici, al primo livello, quando abbiamo incontrato gli imp, avremmo riportato molte più ferite. E ci hai salvato la vita fermando la nostra caduta.»

«Se in pratica non mi avessi issato sulla scala di Godrick» disse Talia «dubito che sarei uscita viva dalla stanza delle statue.»

«Se non mi avessi fatto lontanare quando è esplosa la bomba ossea di Talia, sarei defunto, Hugh. Sei il salvatore della mia vita» fece Godrick.

«Hugh, abbiamo fatto affidamento gli uni sugli altri» continuò Sabae. «Se non ci fosse stato anche solo uno di noi, nessuno sarebbe sopravvissuto. E questo vale anche per te: devi smetterla di pensare di essere inutile, Hugh. Sei uno dei maghi più intelligenti che conosca, e sono contenta di averti al mio fianco.»

«Anco io» disse Godrick.

«Se sento un altro di questi stupidi discorsi, te le do di santa ragione, Hugh» aggiunse Talia. «Ne ho le tasche piene.»

Hugh fece un leggero sorriso e cercò di asciugarsi di nascosto l'angolo dell'occhio. Per fortuna gli altri finsero di non notarlo.

«Grazie per tutto» disse Hugh. «Io…»

A quel punto sentirono uno scricchiolio dietro la barriera di ossa, seguito da un ringhio feroce.

Capitolo 49

L'attacco

Subito si zittirono tutti. Hugh si maledisse in silenzio: aveva dato per scontato che fossero in salvo solo perché era riuscito a ottenere l'aiuto dell'Indice. Erano stati a blaterare come stupidi, ed era solo colpa sua, nonostante sapesse che se un mostro li avesse sentiti sarebbero stati spacciati.

L'essere si sfregò contro la barricata, e diverse ossa caddero a terra. Hugh sentiva il respiro affannato di quella cosa.

Da un lato vide i tatuaggi di Talia che cominciarono a brillare e dall'altro i vortici attorno ai pugni di Sabae. Godrick stava facendo scivolare le dita sulla pietra ai suoi piedi.

La barricata tremò ancora, e i tatuaggi di Talia si fecero ancora più luminosi. Le ossa della barricata cominciarono a crescere in fretta, riempiendo il corridoio. Subito seguirono le crepe incandescenti. Se la creatura fosse rimasta lì, magari…

Qualcosa si lanciò attraverso la barriera, che andò in pezzi. Le protezioni di Hugh esplosero, ma alla creatura non fecero neanche il solletico. Un osso che Talia aveva fatto crescere nel rompersi saltò in aria, e per un attimo l'essere scomparve tra le fiamme. Rotolò a terra, estinguendo il fuoco, e si rimise in piedi.

Sembrava un lupo, ma alto tre metri, ricoperto di scaglie, e ai fianchi aveva bocche attorcigliate piene di zanne. La creatura si guardò attorno, poi puntò gli occhi su di loro.

E caricò.

Hugh ebbe di nuovo l'impressione che il tempo rallentasse. Vide da un lato Talia lanciare dardi di fuoco onirico, dall'altro Sabae che si preparava dietro il suo nuovo scudo. Diverse pietre affilate furono lanciate sulla creatura da Godrick, ma quella avanzò senza rallentare o esserne minimamente disturbata.

Hugh, nella disperazione, si ritrovò a tendere le mani, e la sua mente, la sua mente… trovò qualcosa. Si collegò a uno dei nuovi canali in cui scorrevano le sue riserve di mana, e ridiresse il flusso verso l'esterno. Non cercò neanche di disegnare una formula magica con l'occhio della mente: lasciò soltanto che il torrente di mana fluisse attraverso di lui, e in quello stesso istante sentì incresparsi l'Etere tutt'intorno.

Dalle sue mani fuoriuscì un fascio di luce fusa, che andò a schiantarsi dritto sul petto della bestia. L'aria parve mettersi a urlare, e Hugh fu travolto da onde di calore.

La creatura semplicemente esplose, facendo schizzare in tutta la stanza un'ondata di sangue e icore.

La luce si spense. Hugh si fissò le mani per un momento, poi guardò sconvolto i suoi amici.

E svenne.

Capitolo 50

L'infermeria

La prima cosa che Hugh notò svegliandosi fu che il pavimento di pietra della grotta era stranamente morbido.

La seconda cosa fu che non ricordava ci fossero delle coperte laggiù.

Aprì gli occhi e scattò a sedere. Era in un letto sconosciuto in una stanza vuota, e accanto a lui c'era una serie di letti. Solo uno era occupato, però. Dentro c'era Godrick, che dormiva tutto bendato.

«Finalmente ti sei svegliato» disse qualcuno.

Girò la testa e si ritrovò Alustin vicino, seduto su una sedia a leggere un libro. In effetti, non aveva neanche alzato lo sguardo dal testo: stava continuando a leggere.

«Signore, cosa...» fece Hugh.

«Quante volte devo dirti di darmi del tu?» lo interruppe Alustin.

«Signore, cos'è successo? Come ho... abbiamo... fatto ad arrivare qui? Dove sono Sabae e Talia? Perché...» disse Hugh tutto d'un fiato.

Alustin sollevò una mano senza distogliere lo sguardo dal libro, bloccandolo. «Sabae e Talia stanno bene, si trovano soltanto nell'area femminile dell'infermeria. Per quanto riguarda il resto delle tue domande, risponderò a queste e a molte altre, ma non adesso. Ora vestiti. Ci vediamo fuori in corridoio. Dobbiamo andare in un posto.»

Alustin prese un'uniforme studentesca da sotto la sua sedia e la lanciò sul letto, poi uscì, continuando a leggere mentre camminava. Hugh vide il proprio libro di incantesimi, il marsupio e il pugnale del clan Castis in mezzo ai suoi pantaloni, giacca e camicia.

Subito si vestì e seguì Alustin fuori dalla porta.

Quando Hugh entrò in corridoio, Alustin infilò il libro che stava leggendo nella sua immancabile borsa a tracolla e gli fece cenno di seguirlo.

«Prima che risponda alle tue domande, devo prima sentire la tua versione dei fatti riguardo quello che è successo nel labirinto» gli disse.

Hugh gli raccontò tutto. Degli imp al primo piano, dello scontro con Rhodes, dell'incontro con il demone Bakori, delle statue, dei granchi e dell'orrenda creatura lupesca.

Alustin rimase in silenzio per diversi minuti, poi sospirò. Nel frattempo Hugh capì che si stavano dirigendo in biblioteca.

«Fammi le tue domande, Hugh.»

«Cos'è successo nel labirinto dopo che sono svenuto?» chiese lui. «Ricordo solo di aver fatto esplodere la creatura con… il fuoco? Avendo stretto un patto con l'Indice, mi sarei aspettato piuttosto un'affinità cartacea.»

Alustin sospirò. «Hai attinto a una nuovissima affinità del tutto non sintonizzata, poi hai lanciato un incantesimo non strutturato che non solo ha esaurito le tue riserve di mana, ma ha scaricato anche gran parte del mana etereo attorno a te. Ha sovraccaricato sia i tuoi canali che le tue riserve di mana, e ti ha provocato brutte ustioni su tutte le mani e le braccia.»

Hugh si guardò le mani: non c'erano segni.

«Noi – ossia Artur Spaccamuro, Aedan Ammazzadraghi, Sulassa Alzamarea e qualche altro – siamo arrivati circa un'ora dopo che tu hai ammazzato… non sappiamo con esattezza cosa fosse, considerato che lo hai ridotto in poltiglia e che le descrizioni dei tuoi amici non hanno fatto molta chiarezza. Vi abbiamo portato fuori dal labirinto e vi stiamo medicando da allora. Sei rimasto incosciente per un paio di giorni, nonostante tutta la magia curativa a cui ti hanno sottoposto i guaritori dell'infermeria.»

Entrarono in biblioteca e cominciarono a scendere le scale verso le sezioni riservate. Hugh si rese conto che Alustin non aveva risposto alla domanda sulla sua nuova affinità.

«È sbalorditivo che siate sopravvissuti tanto a lungo laggiù, Hugh. Nessuno ha mai sentito parlare di un gruppo di matricole che è sceso così in basso ed è riuscito a raccontarlo. Sono pochi i maghi completi che si avventurano laggiù. Siete stati estremamente fortunati, ma siete stati anche aiutati.»

«Aiutati?» fece Hugh, ma ebbe il sospetto di sapere cosa avrebbe risposto Alustin.

Lui, però, non disse niente. Si limitò ad avvicinarsi a una porta e a premere la mano sulla formula magica incisa al di sopra di essa. La porta si spalancò, rivelando l'immenso spazio cavernoso della Grandiosa Biblioteca.

«Signore, mi è consentito essere qui? L'ultima volta è stato categorico su quanto fosse pericoloso...»

«Non avrai problemi visto che sei con me. E poi qui c'è il tuo contraente, e devi conoscerlo di persona.»

Si ritrovarono sulla balconata, e Alustin lo condusse al nodo d'accesso più vicino. Scrisse qualcosa che Hugh non riuscì a vedere, poi la pagina si strappò e si piegò in un piccolo Pegaso volante. Hugh e Alustin lo seguirono mentre prendeva il volo fuori dalla balconata.

«Signore, dove stiamo...»

«Ti ho mentito per un bel po' di tempo, Hugh» disse Alustin un po' in imbarazzo.

«Signore?»

«Hugh, quand'è l'ultima volta che sei uscito dalla montagna?» gli chiese a sua volta il mago.

«...Signore?» replicò Hugh, candidamente confuso.

«Quand'è l'ultima volta che sei andato fuori di qui?» insistette Alustin.

«Mmh... Non ricordo con precisione, ma è passato un po', signore» disse Hugh. «Sono stato piuttosto impegnato con gli allenamenti per la prova del labirinto.»

«Quando esattamente?» domandò Alustin.

Hugh aprì la bocca, ma poi la richiuse, perplesso. Il Pegaso volò in un immenso spazio aperto al centro della stanza, dove comparve una grande pedana fatta di ciottoli volanti, grande tanto da poter ospitare una decina di persone. Nell'istante in cui salirono sull'enorme piattaforma, quella iniziò a scendere.

«Non... non lo so» disse Hugh.

Alustin gli lanciò uno sguardo serio.

«Per quanto ne sanno a Skyhold, da quando sei arrivato qui non hai mai messo piede fuori dalla montagna. Hai saltato ogni lezione che comprendesse escursioni e hai sempre trovato un modo per evitare di uscire con i tuoi amici.»

Hugh si scervellò, ma si rese conto costernato di non essere uscito da lì una sola volta da quando era arrivato a Skyhold. Com'era possibile? A Hugh piaceva stare all'aria aperta, e durante la sua infanzia se ne era stato sempre in giro nei boschi di Emblin.

Alustin tirò fuori una serie di disegni arrotolati dalla borsa e li passò a Hugh. Lui li aprì mentre superavano un livello che sembrava gremito di libri di vetro.

«Signore, queste sono le protezioni della mia stanza… e anche di quella vecchia.»

«Che cosa fanno le formule magiche in blu, Hugh?»

«Fanno… ehm… mmh…»

Hugh non ricordava a cosa servissero, anche se era sicuro di averle aggiunte lui.

«Sono protezioni che difendono i sogni dalle intrusioni esterne, Hugh.»

Il ragazzo fissò Alustin.

«Perché le ho disegnate, e perché non sapevo cosa fossero?»

Alustin rimase un attimo in silenzio.

«Ricordi quando ti ho detto che sei uno stregone, Hugh?»

«Sì» gli rispose cauto lui.

«Ricordi che ti ho detto che, se avessi mai sospettato di un tuo contatto con un demone, avrei dovuto prendere misure drastiche?»

«Sì» rispose di nuovo, cauto, Hugh. «Ma non l'ho fatto, quindi lei non è stato costretto a prenderle.»

«Ti ho mentito» disse Alustin. «In realtà, è da quando hai messo piede a Skyhold che sei in contatto con un demone.»

Capitolo 51

La verità

Hugh fissò sconvolto Alustin mentre la piattaforma continuava la sua lenta discesa nella stanza immensa.

«No… non è vero, signore!» esclamò Hugh.

«Invece sì, Hugh. Non ne eri consapevole. Gli stregoni senza contratto sono spesso vittime di manipolazioni mentali da parte di potenziali contraenti. Sono soprattutto i demoni a farlo, così da ottenere dei servigi dagli stregoni. Da quando hai messo piede a Skyhold, il demone che hai conosciuto là sotto ti ha manipolato nel tentativo di ottenere un contratto.»

Hugh portò lo sguardo da Alustin allo spazio al centro della stanza immensa. Un ponte enorme attraversava l'angolo più vicino di quel livello, ed era pieno di file di scaffali.

«Se non hai mai lasciato la montagna è a causa del demone Bakori. Se l'avessi fatto, saresti uscito dal raggio d'azione della sua manipolazione mentale, e magari non saresti più tornato» spiegò Alustin. «Ed è anche a causa sua se tendevi a isolarti sempre di più.»

«Sono sempre stato timido e non ci ho mai saputo fare con la gente» disse Hugh. «Non è stato lui a rendermi così.»

«No, ma ha aggravato il problema» disse Alustin. «Ha amplificato il tuo senso di solitudine, la tua disperazione e la tua incapacità di usare la magia. È tutto colpa sua. E solo per renderti più vulnerabile. È stato Bakori a condurti alla porta della Biblioteca con le protezioni malandate, ed è stato sempre lui a farti scoprire il volume di incantesimi proibiti, non l'Indice.»

Hugh guardò un gabbiano di carta che volava disperato per sfuggire a un branco di grimori affamati che gli davano la caccia. Gli venne la nausea a pensare a tutti i presentimenti che nell'ultimo anno lo avevano portato fuori strada.

«Quando sei entrato nel labirinto, le manipolazioni del demone si sono fatte molto più forti. Ogni volta che hai avuto l'impressione di dover prendere una certa strada, era Bakori a spingerti a farlo» spiegò Alustin.

«Signore, forse dovrebbe smettere di pronunciare il suo nome così spesso, per evitare di attrarre la sua attenzione» disse Hugh.

Alustin sorrise, ma senza allegria.

«Non c'è pericolo, Hugh. Sei l'unico che lui poteva sentire chiamarlo per nome, e solo grazie agli incantesimi che ti aveva lanciato, ma sono stati spezzati quando hai firmato il contratto da stregone. Sono pochi gli incantesimi che resistono a simili interferenze.»

Il bagliore tra il bianco e l'azzurro del fondo della enorme sala era sempre più vicino, e inondava i piani più bassi con la sua luce. Non sembrava che potessero essere scesi così in basso alla velocità a cui stavano andando, ma ormai si trovavano a chilometri di profondità rispetto al loro punto di partenza nella parte superiore della stanza.

«È stato Bakori a condurti nella stanza segreta sopra quella con il fiume di mana dove poi l'hai incontrato» aggiunse Alustin. «Anche Rhodes è stato manipolato, ma da un nugolo di imp di Bakori. Col senno di poi, avremmo dovuto interrompere la prova nel momento stesso in cui gli studenti hanno cominciato a riferire che c'erano degli imp. È incredibile che non ci siano stati morti quest'anno. È stato Bakori ad amplificare la vostra disperazione mentre avanzavate nel labirinto, e nell'ultima grotta stava quasi per avere la meglio. Ma...»

Alustin per un momento non disse niente.

«Ma?» lo esortò Hugh.

«Ti sei difeso» disse Alustin. «Ti sei difeso per tutto il tempo.»

«Come, scusi?»

«Ti sei difeso per tutto il tempo» ripeté Alustin.

Hugh intravedeva delle forme indistinte nel bagliore sotto di loro. Erano ordinate, regolari e cambiavano di continuo.

«Forse non eri cosciente di essere manipolato, ma il tuo inconscio se ne è reso conto. E ti sei difeso così tanto che, senza rendertene conto, hai disegnato protezioni sulla porta per cercare di tenere Bakori fuori dai tuoi sogni. Anzi, probabilmente la tua spiccata abilità con le protezioni dipende proprio da questo: non ho mai sentito parlare di stregoni in grado di disegnare protezioni infuse della loro volontà. La stragrande maggioranza degli stregoni usa le proprie doti in altro modo: di solito per le battaglie magiche, per creare vincoli e restrizioni. Il tuo subconscio deve aver forzato la tua capacità di infusione della volontà nelle protezioni, per aiutarti a proteggerti dal demone.»

Hugh ripensò allo scontro che aveva avuto con Talia quando lei aveva scovato il suo rifugio e agli incubi che aveva fatto prima di ripristinare le protezioni. Così annuì piano. Poi si chiese una cosa.

«Come fa a sapere tutto questo, signore?»

«Una buona parte l'ho dedotta da prove circostanziali e dalle storie degli altri. Devo ammettere, però, che io, ehm… ti ho spiato per un po'. Una delle mie affinità è la lungimiranza.»

Hugh lo fissò sorpreso. Alustin non aveva mai svelato le proprie affinità ai suoi apprendisti, anche se avevano immaginato che dovesse averne più di una. La lungimiranza, però, era un'affinità rara per un mago bellico. Era collegata a quella luminosa, ma, più che manipolare la luce, consentiva di avere visioni di luoghi lontani, o almeno di vedere su lunghe distanze. Era un potere molto apprezzato, ma estremamente difficile da allenare e da usare.

«Non ci ha mai rivelato le sue affinità a causa del demone? Quali altre possiede?»

Alustin fece un sorriso e gli indicò un lato della piattaforma.

«Questo è l'Indice.»

Si stavano immergendo nella foschia azzurra. Hugh non si capacitava di quanto in fretta fossero scesi, ma l'aria era già velata dalla nebbia attorno a loro.

La foschia non era di nessun colore in particolare, era solo una densa nebbia. Il bagliore azzurro proveniva dalle forme che si muovevano al suo interno. Mentre si avvicinavano, Hugh accarezzò la foschia con una mano. Sentì una leggera resistenza, ma se non fosse stato tanto attento neanche se ne sarebbe accorto.

Mentre sparivano nella nebbia, Hugh cominciò a distinguere le forme al suo interno. Attorno a loro, in mezzo alla foschia, si inarcavano ingranaggi, catene, assi e molto altro. Giravano, salivano e cambiavano completamente. Sembravano di un azzurro brillante, anche se c'era troppa nebbia perché Hugh vedesse bene. In mezzo alla foschia guizzavano scintille azzurre. Quando Hugh si focalizzava su una di esse, questa si comportava in maniera casuale, ma se si osservava l'insieme l'ordine diventava subito chiaro, anche se Hugh non sarebbe stato in grado di spiegarlo. L'Indice era molto più silenzioso di quanto si aspettasse, e il rimbombo di macchinari in funzione era debole e distante, un lieve rumore sibilante fra le scintille.

«Pronto?» disse Hugh. «Indice? Sono io, Hugh.»

Nessuna risposta.

«Pronto?» Hugh ci riprovò. «Ho stretto un contratto con te su alcune delle tue pagine…»

Ancora nessuna risposta.

Alustin alla fine parlò di nuovo. Sembrava molto nervoso.

«C'è un'altra bugia che ti ho detto, Hugh.»

Il ragazzo gli lanciò un'occhiata pungente.

«L'Indice non è vivo. Non è affatto senziente, si tratta solo di una massa di informazioni. In effetti, è stato appositamente progettato in modo che non potesse diventare senziente. I suoi creatori lo reputavano troppo rischioso. Ha, però, la capacità di collegarsi a un'unica e potente mente alla volta, che è in grado di dirigerlo e di conferirgli una limitata forma di intelligenza.»

Hugh lo guardò a bocca aperta.

«Cosa… cosa intende, signore?»

Mentre si immergevano nell'Indice, la foschia si diradava.

«Non hai firmato un contratto con l'Indice, Hugh. Ma con la mente che controllava l'Indice. Hai stretto un patto con l'Alta Bibliotecaria Kanderon Nodus.»

Capitolo 52

Kanderon Nodus

Hugh stava ancora fissando Alustin a bocca aperta quando uscirono dalla nebbia (e dal centro) dell'Indice. Si guardò intorno e vide Kanderon Nodus che li aspettava. Era sdraiata in cima a un'enorme pedana fluttuante fatta di cristallo azzurro. Sotto la pedana Hugh vedeva solo buio e nebbia, come nell'Indice, ma senza il bagliore dei suoi macchinari. Quando l'Alta Bibliotecaria sollevò lo sguardo dal libro che stava leggendo, Hugh vide che era una donna di mezz'età con un viso severo.

E quel viso era più alto di Hugh.

Kanderon Nodus era una sfinge, con un volto da donna, il corpo da leonessa e le ali di un'aquila. Era lunga almeno ventitré metri, senza contare la coda, e aveva proporzioni simili a quelle di una vera leonessa, anche se con arti più grossi. Il suo manto era di un profondo giallo fulvo, e gli occhi di un azzurro intenso.

Ad attirare l'attenzione di Hugh, però, furono le sue ali. A differenza di tutte le illustrazioni di sfingi che aveva visto, le sue ali non erano fatte di piume, e nemmeno di carne e ossa: erano di puro cristallo. La loro sfumatura azzurra ricordava quella dei macchinari dell'Indice, ma era molto più intensa. I cristalli erano stati ingegnosamente… costruiti? O erano naturali? Comunque fossero stati montati, si flettevano e si muovevano come ali vere, e quando si sfioravano l'un l'altro risuonava un leggero scampanellio musicale, come sussurrato.

Anche se erano ripiegate, Hugh era certo che fossero più larghe di quanto il corpo stesso della sfinge fosse lungo. E di sicuro anche molto più pesanti. Anzi, molto più pesanti di tutti gli edifici presenti nel villaggio natale di Hugh.

La loro piattaforma si accostò lentamente all'immensa pedana di cristallo di Kanderon. Lei chiuse il libro con un tonfo con un unico artiglio.

Alustin salì sulla pedana di cristallo, poi si inginocchiò e chinò il capo. Hugh subito lo imitò. Il Pegaso di carta che li aveva accompagnati lì se ne andò, sfrecciando su nella foschia dell'Indice.

«Alta Bibliotecaria» disse Alustin.

«Hugh di Emblin.»

La voce di Kanderon lo colpì come una tonnellata di mattoni, e per un pelo non perse l'equilibrio, anche se era in ginocchio. Se la sentì risuonare nella mente, e anche nelle riserve di mana.

«Le mie scuse» aggiunse Kanderon. Quella volta la sua voce era molto più bassa, anche se ancora risuonava come se appartenesse a un essere grande quanto diverse case, e Hugh se la sentì ancora risuonare in mente, anche se sopportabile. **«Non ho mai stretto un patto con uno stregone prima, quindi per me è tutto nuovo.»**

«Non… non fa niente, mas… ehm, Alta Bibliotecaria.»

«Chiamami pure mastra Kanderon, Hugh.»

Il ragazzo finalmente trovò il coraggio di guardare Kanderon nei suoi occhi immobili.

«Sono Kanderon Nodus, Alta Bibliotecaria della Grandiosa Biblioteca di Skyhold, la sfinge del Cristallo vivente, e l'ultima fondatrice in vita dell'Accademia di Skyhold. Ho rifiutato ogni singola offerta di stringere patti in passato, Hugh. Sai perché ho accettato la tua?»

Hugh ci mise un po' prima di rendersi conto che la sua non era una semplice domande retorica. Era ancora sconvolto da quelle parole. Era una delle fondatrici di Skyhold: doveva avere almeno mezzo millennio. Come minimo. Hugh scosse la testa.

«No, mastra Kanderon.»

«Prova a indovinare.»

Hugh si spremette le meningi.

«Perché non voleva che firmassi un contratto con Bakori?»

Kanderon sbuffò, e la sua espirazione lo colpì come un forte vento.

«Ostacolare quel demone abbietto mi ha fatto molto piacere, devo ammetterlo. Pensavo di averlo distrutto secoli fa, quindi mi sono contrariata quando ho sentito che era ancora in vita. Ma no, non è questa la ragione, Hugh.»

Continuò a fissarlo senza battere ciglio.

«E allora... perché? Perché io? Non sono niente di speciale.»

Un orribile rumore raschiante giunse dalla gola di Kanderon. Hugh era terrorizzato, ma poi si accorse che era la sua risata.

«Niente di speciale, Hugh? Hai combattuto l'influenza di un demone tutto da solo per quasi un anno. Hai attirato l'attenzione di uno dei miei studenti più preziosi, che ero convinta non avrebbe mai preso degli allievi sotto la sua ala.»

Nel sentire quelle parole, Alustin fece una risata nasale.

«Tu e i tuoi amici state imparando tecniche magiche che molti maghi completi neanche tentano. Alustin vi ha mai detto quanto sono speciali le vostre abilità? Solo un mago su dodici con affinità oniriche riesce a manifestare i sogni, e tra quelli sono ancora meno coloro che padroneggiano il fuoco onirico. Che ci sia riuscita la tua amica barbara, con tutti i limiti dei suoi tatuaggi, e per giunta in pochi mesi, sembra impossibile. La tua amichetta della tempesta non dovrebbe essere in grado di combinare egregiamente la stratificazione del mana, lanciare incantesimi informi e usare una serie di tecniche di canalizzazione quasi impraticabili. Da quanto ne so, sta sviluppando uno stile magico unico.»

Kanderon si avvicinò.

«E tu, Hugh, eri così ansioso di dimostrare a te stesso il tuo valore che hai svolto compiti che in genere sono territorio degli arcimaghi. Ci sono tanti maghi che progettano formule magiche personalizzate, ma a crearle al volo sull'intero continente sono solo una manciata di loro. Nemmeno Alustin sa farlo, e, se avessi saputo quello che aveva in mente, gli avrei impedito di insegnartelo per paura di un catastrofico fallimento.»

Hugh rimase a bocca aperta, e puntò gli occhi su Alustin, che cercava di evitare il suo sguardo.

«Le doti di Hugh con le protezioni non derivano dal semplice fatto che è uno stregone con la capacità di infusione di volontà» spiegò Alustin. «Ha un talento naturale nel ricombinare le formule magiche che gli vengono fornite, con cui poi realizza protezioni con nuovi risultati. È stata un'intuizione piuttosto semplice.»

«Per insegnargli a realizzare nuove formule magiche in laboratorio, magari. Ma che lo facesse al volo è stata una tua pura ambizione.»

Anche se Kanderon stava criticando Alustin, Hugh colse comunque un pizzico di orgoglio nella sua voce.

«Allora è per questo che mi ha scelto?» chiese Hugh. «Per il mio talento con le formule magiche?»

Kanderon riportò l'attenzione su Hugh. **«In passato maghi con talenti simili hanno cercato di stringere patti con me, Hugh. Che una persona sia eccezionale non mi basta per stringerci un patto. No, ho sollevato la questione solo per mettere in chiaro che non stringerei un patto con una nullità, e che sicuramente ti considero meritevole in tal senso.»**

Hugh abbassò lo sguardo, ma abbozzò un sorriso.

«No, Hugh, se ho deciso di stringere un patto con te è perché non sapevi chi io fossi, quali poteri ti avrei concesso e se il contratto avrebbe davvero funzionato. Hai rischiato tutto sulla più azzardata delle scommesse, e l'hai fatto in modo del tutto altruista: non per il tuo potere, ma per i tuoi amici.»

Hugh arrossì.

«In realtà, ehm… Mi chiedevo…»

«Cosa?»

«Quali sono le mie affinità? Quella che ho provato a usare nel labirinto era… terrificante.»

Kanderon ridacchiò.

«Quella è la più offensiva delle affinità che ti ho concesso. È conosciuta come affinità con la stella, anche se io preferisco l'espressione "affinità stellare". È simile, anche se diversa, alle affinità solari.»

Hugh non riuscì a nascondere un sorriso ripensando a Heliothrax, il drago solare, la prima entità che aveva preso in considerazione per il suo contratto.

«Quando ti sarai sintonizzato, avrai un'immensa capacità distruttiva, ma ti sconsiglio di farci troppo affidamento. Lanciare un incantesimo con quest'affinità richiede tantissimo mana, e impiegherai anni prima di imparare a lanciare più

di una manciata di incantesimi stellari al giorno. Perfino io devo essere parsimoniosa.»

Hugh ne fu un po' deluso, ma non troppo. Prima di Kanderon non aveva mai sentito parlare di maghi stellari.

«L'altra spero che sia ovvia.»

Hugh fissò Kanderon con sguardo inespressivo, poi scosse la testa.

Lei fece un forte sospiro. Fortissimo. **«La seconda è un'affinità con il cristallo, che dovrebbe essere ovvia dalle mie ali, la mia pedana e la struttura stessa dell'Indice.»**

«Un'affinità con il cristallo?» disse Hugh. «Sta alle affinità con la pietra come l'acciaio a quelle con il ferro? Cioè una versione più canalizzata e potente?»

«C'è... una piccola parte di verità in questo paragone» rispose Kanderon **«ma è comunque piuttosto incorretto. Ne parleremo un'altra volta. Per adesso ti basti sapere che quest'affinità sarà quella che userai di più. Fornisce numerose opzioni difensive, qualcuna d'attacco, e dà accesso a moltissimi incantesimi piuttosto versatili. E ti darà anche nuove affascinanti opzioni con le tue protezioni.»**

Quella era musica per le orecchie di Hugh.

«La terza... la terza affinità è complicata. È collegata alle affinità spaziali, ma ne è ben distinta.»

Era la prima volta che Hugh sentiva parlare di affinità spaziali. Aprì la bocca per chiederle cosa fossero, ma Kanderon proseguì.

«A volte... viene erroneamente chiamata affinità labirintica, perché è usata per la costruzione dei labirinti. Io l'ho usata per la costruzione di questa Biblioteca, e alcuni arcimaghi la impiegano per creare universi in miniatura. È anche nota come affinità dimensionale, ma io la chiamerei piuttosto affinità aerea. In genere è usata per creare spazi extra-dimensionali.»

Kanderon si avvicinò incredibilmente, fino a quando il suo viso non fu a pochi metri di distanza da Hugh. Lui si accorse che, anche se gran parte dei denti di Kanderon aveva una forma umana, le sue zanne erano molto più larghe e appuntite. Aveva una bocca così grande che, se avesse voluto, avrebbe potuto inghiottire Hugh in un sol boccone.

«Non è un'affinità naturale, e nessuno può nascervi. Si ottiene solo con l'allenamento. Anche con le tue capacità eccezionali, non devi mai, e ribadisco mai, anche solo attingere a quest'affinità senza un mio esplicito comando. Nove maghi su dieci che cercano di sviluppare un'affinità aerea muoiono nel tentativo, e io non ho alcuna intenzione di sprecare il mio tempo se devi essere uno di loro.»

Il cuore di Hugh batteva forte, e fu in grado solo di annuire in silenzio.

«Perché… perché è così pericolosa?» chiese.

«Affacciati dal bordo della pedana, Hugh» disse Kanderon.

Lui si avvicinò cauto al bordo e diede un'occhiata nella nebbia.

«Quanto pensi sia profondo, Hugh?»

«Non lo so» ammise il ragazzo.

«Neanche io. All'inizio volevo solo creare un'altra normale stanza da aggiungere alla Biblioteca, che già scarseggiava di spazio, ma grazie a interazioni inattese con la magia del labirinto, questa stanza ha continuato a crescere ogni anno della sua esistenza. Non cresce solo quando vengono aggiunti nuovi libri, ma lo fa da sola, aggiunge perfino libri per conto suo; libri che, per quanto ne sappiamo, non provengono dal nostro mondo. La magia aerea è terribilmente difficile e di rado funziona come desiderato.»

Kanderon fissò Hugh per un momento, poi ritornò al suo posto.

«Potrei acquisire altre abilità magiche dal nostro contratto, oltre alle sue affinità?» chiese Hugh.

Kanderon aggrottò la fronte. «Forse, ma, anche se dovesse accadere, ci vorrà del tempo. Riparleremo meglio dei tuoi compiti e dell'allenamento, ma c'è altro di cui dobbiamo discutere oggi. Alustin, ti spiace prendere la pietra?»

Alustin tirò fuori qualcosa dalla tasca. Hugh subito riconobbe la pietra che aveva trovato sullo scheletro nel labirinto.

«Questa, Hugh, è conosciuta come pietra labirintica» spiegò Kanderon. «È una pietra che si trova in natura, anche se estremamente rara. Molti esemplari sono usati per lo stesso scopo: quando passano abbastanza tempo in un labirinto, iniziano a incanalare il mana di quello spazio al loro interno. In questo modo consentono a chi li possiede di spostarsi in modo affidabile nel labirinto, oltre a conferire altri oscuri poteri. E questa pietra è rimasta nel labirinto per molto, moltissimo tempo. Se fosse tutto qui, sarebbe una scoperta di eccezionale valore, assai utile in futuro. Tuttavia… ce l'avevi addosso durante la stipulazione del contratto, e in qualche modo si è legata a te.»

Alustin lanciò la pietra a Hugh. Quando lui l'afferrò, provo uno strano senso di calore.

«Ho accennato al fatto che saresti stato in grado di stipulare molteplici patti da stregone grazie alle tue insolitamente grandi riserve di mana.» Alustin prese la parola. «Credevo che sarebbe successo in un futuro molto lontano, e a essere onesto non so cosa comporti un patto con una pietra labirintica, o se avercela addosso mentre si stipula un altro contratto le permette di diventare un essere intelligente, come altri oggetti più o meno senzienti.»

«Neanche io conosco le risposte a queste domande» disse Kanderon. «Ecco perché non ne sono molto entusiasta. Osserveremo la pietra con attenzione. Ma sarebbe sbagliato portartela via, quindi Alustin ti insegnerà gli incantesimi necessari quando si ha un oggetto come contraente, a partire da un incantesimo in grado di localizzarlo ovunque.»

Hugh strinse forte la pietra, poi se la infilò nel marsupio, accanto alla pietra assorbi-odori e alle pietre protettrici rimaste.

«Ancora due cose prima che tu vada, Hugh. Innanzitutto, non dare per scontato che, siccome hai spezzato gli incantesimi che ti ha lanciato Bakori e hai stretto un patto con me, tu sia del tutto al sicuro dal demone. Non accetterà di buon grado il tuo rifiuto, ed è capace di serbare rancore per secoli. Bakori è un temibile avversario, e sarà meglio per tutti che tu gli stia il più lontano possibile.»

Hugh annuì, d'un tratto di nuovo nervoso.

«E la seconda cosa?» chiese.

«Al ritorno, Alustin ti spiegherà per bene il pericolo che deriva dal creare protezioni su oggetti che si muovono in fretta senza formule magiche compensative. Sei davvero fortunato

che quelle pietre non ti siano ancora esplose nel marsupio. Ti prego di buttarle giù.»

Hugh guardò sconvolto le sue pietre protettive, poi le tirò fuori dal marsupio con cautela e le gettò nella nebbia sottostante.

«Riparleremo presto, Hugh. E un giusto avvertimento: Alustin d'ora in poi ti sembrerà un insegnante accomodante e per niente esigente.»

Hugh sussultò.

Capitolo 53

Fuori!

Hugh appoggiò le braccia sulla ringhiera e fece un respiro profondo.

Si trovava su una delle balconate che si affacciavano sul porto delle imbarcazioni da sabbia dell'Erg Infinito. Assaporava la sensazione del sole e della brezza sulla pelle: non si era reso conto di quanto gli fosse mancato stare a diretto contatto con l'esterno, non attraverso una misera finestra.

Un'imbarcazione da sabbia stava uscendo dal porto di Skyhold. Hugh la guardò con invidia, mentre i draghi della sabbia volteggiavano tra i suoi alberi.

«Ben presto saremo anche noi su una nave, non appena Alustin ci porterà a fare quel viaggio di cui parla in continuazione» disse Sabae.

«Lo so» replicò Hugh «ma mi viene ancora difficile sopportare l'idea di passare al chiuso più tempo del dovuto.»

Talia sbuffò e gli diede una gomitata sulle costole. «Ho sempre pensato che voi di Emblin foste tutti così pallidi, e che evitassi di uscire per non scottarti.»

Hugh si sfregò mesto il fianco tra le risate degli altri.

«Quindi cos'è seguitato?» chiese Godrick.

Hugh li aveva aggiornati sull'incontro con Kanderon Nodus.

«Niente di che. Mi hanno spiegato un altro po' di cose, poi Alustin mi ha portato fuori dalla Biblioteca.»

Nessuno disse niente per molto tempo. Per Hugh, con sua sorpresa, quel silenzio non era imbarazzante, ma rassicurante. Se pochi mesi prima qualcuno gli avesse detto che non solo sarebbe stato un mago, ma l'apprendista di un mago bellico in relazione con una sfinge secolare, Hugh avrebbe... be', magari non avrebbe

202

riso – sarebbe stato troppo timido per farlo – ma avrebbe come minimo pensato che quel qualcuno fosse pazzo.

E ne avrebbe avuto la conferma se quello avesse aggiunto che avrebbe avuto degli amici. Amici che non solo erano maghi straordinari, ma anche pronti a difenderlo e a sostenerlo, e che lo reputavano un tipo in gamba.

Hugh prese un respiro profondo, poi espirò piano.

Si sarebbe potuto abituare a tutto questo.

Podium

DISCOVER MORE

STORIES
UNBOUND

PodiumEntertainment.com